蜡笔王国

黑色银行

〔日〕福永令三 著
〔日〕三木由记子 绘

温桥 译

人民文学出版社
PEOPLE'S LITERATURE PUBLISHING HOUSE

著作权合同登记号　图字 01－2023－1709

KUREYON OUKOKU KURO NO GINKOU

图书在版编目(CIP)数据

黑色银行/(日)福永令三著；(日)三木由记子绘；
温桥译. —北京：人民文学出版社，2024
　(蜡笔王国)
　ISBN 978-7-02-018389-0

　Ⅰ.①黑… Ⅱ.①福… ②三… ③温… Ⅲ.①童话-作品集-日本-现代 Ⅳ.①I313.88

中国国家版本馆 CIP 数据核字(2023)第 227215 号

责任编辑　李　娜　杨　芹
封面设计　李苗苗

出版发行　人民文学出版社
社　　址　北京市朝内大街 166 号
邮政编码　100705

印　　制　杭州钱江彩色印务有限公司
经　　销　全国新华书店等

字　　数　109 千字
开　　本　787 毫米×1092 毫米　1/32
印　　张　8.375
版　　次　2024 年 1 月北京第 1 版
印　　次　2024 年 1 月第 1 次印刷

书　　号　978-7-02-018389-0
定　　价　42.00 元

如有印装质量问题，请与本社图书销售中心调换。电话:010－65233595

目 录

1.

美穗和彰子

"深山田站到了，深山田站到了，请各位乘客带好自己的随身物品下车。"

列车员的声音在这座终点站的小站台上悠悠地响起。

美穗心想：各位乘客？这说的不就只有我吗？

在上一站新深山田站，大概下了十名乘客。现在，车厢

里只剩下美穗一个人。

接下去，她要去爷爷居住的乡下。

美穗从自己刚搭乘的绿皮单节列车旁边走过，再穿过道口，最后出了检票口。

彰子是一个什么样的人呢？既然爷爷那么喜欢她，那她一定是个好人吧。

正想着，美穗的目光忽然被一块扔在车站厕所旁的广告牌吸引了。

绿泽桃源乡大自然村导游图

美穗目不转睛地盯着这块倒在一旁的广告牌。牌上油漆剥落的地方露出了已经腐烂的三合板。

画中的群山就像是一个个圆鼓鼓的绿色栗子馅馒头，山峦之间用红漆画了一条蜿蜒小道。

画面上还有一个浅蓝色的池子。那是神森的鲤鱼池。

　　此外，还有白色的瀑布，那里有萤火虫之乡和锹形虫之林。空中的红色三角形是正在飞翔的滑翔翼。

　　在绿泽区域的位置上，有一个花坛钟的图案。那条山路上有一行小字，写着"约三十五公里，开车需九十分钟"。

　　美穗想起了以前这块广告牌骄傲地竖立在深山田站前的样子。那时，牌上的油漆还泛着一种湿漉漉的亮丽光泽。

她心想：那时是我小学四年级的夏天，才过了三年而已。

有家电力公司看中了绿泽这片土地，准备在那里修建一座大坝。用不了几年时间，绿泽就会沉入水底。

美穗的爷爷现在一个人住在绿泽。接下来，她准备去见爷爷。

到前年为止，车站前还有前往绿泽的公交，哪怕一天只往返一趟。

"第六银行分行。既然是银行，那肯定就在车站附近。"

美穗自言自语了一句。她把挂在肩上的黑色运动包重新往上扯了扯，然后，迈开步子走了出去。在这个几乎看不到人影的地方，眼前竟然出现了一盏红绿灯。

这天，美穗身穿一件黑白横条纹的衬衫，一条长及脚踝的黑色长裤，用黑白色鞋带绑了一个高马尾，并且用倒梳的方式一股脑地打蓬了头发。

这是美穗成为初中生后的第一个夏天。她的身高一下子窜到了一米六左右。因为五官长得挺拔端正，有时候她还会被误认为是一名高中生。

美穗从红绿灯的路口走进这座小镇沿铁轨而建的一条商店街。

咦？在这么个山坳小镇上，竟然也会出现交通拥堵的情况。

望着左侧排成一条长龙的汽车，美穗在心中暗暗吃惊。但仔细一看，发现车里并没有人。这条路似乎已经变成了各个店家的停车场。

很快，美穗便看到一栋崭新的两层大楼上挂着写有"第六银行"的招牌。于是，她推门走了进去。

"欢迎光临。"一名系着白色蝴蝶领结、长着一张国字脸、戴着一副黑框眼镜的女员工向美穗走了过来。

是这个人吗？美穗的心中生出了一丝疑惑。

眼前这个"彰子"的模样和自己预想的太不一样了。这让她感到有些惊慌失措。只是，这里也没有其他女员工的身影。于是，美穗便打招呼说："你好，我是日夏美穗。"

"什么？"

这时，里侧一个看上去四十岁左右、身材肥硕的男人把脸转了过来。

"啊——稍等一下，她马上就来。"

这个男人看起来像是这家分行的行长。只见他对那名戴眼镜的女员工说："这位是彰子的客人。哎呀，就是住在绿泽的日夏作次郎先生的孙女啊。"

"哦哦，就是那位经常给我们送花的老人家呀。"

女员工边说边望向柜台，那上面有一盆粉色的小百合。

花盆的边沿露出一张小纸条，上面是爷爷的毛笔字迹。

乖巧的小百合，

已经开得这么好了呢。

"话说，老爷子今年贵庚啊?"

"到八月，爷爷就九十了。"

"真是老当益壮啊，皮肤还很有光泽呢，虽然人有些瘦小。"

"高五尺二寸，重十一贯①。爷爷说他的这个身高和体重，五十年都没变过。"

"老爷子不仅眼神好，腰板也挺得直直的。"

"是啊。不过，去年年末，爷爷的心脏出了点儿毛病。最近，身子好像又恢复了。寄来的明信片上写着'我吃到一百岁没有问题'。"

"一百岁吗? 还有十年。"

分行行长苦笑着，重新将脸转向了女下属，吩咐她说:"小光，给客人上茶。"

这家银行之所以会对爷爷格外关照，除了爷爷是

---

① 5尺2寸约为157.6厘米；贯是日本古代的重量单位，11贯约为41.3公斤。

他们开业以来的老客户之外，还有别的原因。

在绿泽地区的十三户人家中，如今只剩下美穗的爷爷还没有同意大坝的征地拆迁。其他十二户人家从电力公司那里拿到补偿费后全都搬下了山。不过，爷爷是绿泽地区拥有土地最多的住户，如果爷爷不同意，那么大坝便无法动工。

电力公司是这么想的：老爷子岁数大，又是一个人生活，横竖在不久的将来，他肯定要搬下山，住进镇上的医院，只要等到那一天就可以了。

而银行是这么考虑的：到了那个时候，日夏作次郎先生就会拿到一大笔补偿费，务必要他把这笔钱存到我们第六银行深山田分行里。

爷爷最爱的就是绿泽的自然风光。那里是陪伴他出生、长大的地方。电力公司的社长、支持大坝修建的深山田镇的镇长以及几名远道而来的众议院议员，就算齐心协力想要说服爷爷，最终也只能无功而返。于是，他们默默地把这根游说的"接力棒"

交给了时间，希望时间能把爷爷从这个世界上带走。

美穗杯子里的深棕色粗茶还没喝完，女员工便又给她加满了。

"没有点心吗？"分行行长问。

"没有。"

"不是有芥末味的脆饼吗？"

"已经吃完了呀。"

"那……花生呢？"

"花生不是被行长您带回家了吗？"

"冰箱里有从夏威夷带来的特产，巧克力。"

"已经没有啦。"

"这样啊。对了！翻一下彰子的抽屉。她知道今天有客人要来，应该会事先买好点心。"

"这样子好吗？又去搜人家的抽屉。"

说着，戴眼镜的小光从座位上站起来，迅速将邻桌的抽屉搜了一遍。很快，她便高兴地喊了起来："发现敌军！"

"不是敌军，是友军，"分行行长纠正了女下属的用词，微笑着问，"是什么东西？"

"是荞麦馒头。"

"荞麦馒头。哦哦，真是个好消息。有几个？"

"好像是三个，就三个。"

"那不是刚刚好吗？"

"是刚刚好。"

说着，小光便去里屋拿小碟子了。

分行行长又转过来，对着美穗说："日夏老先生关于乌托邦的设想，实在是了不起！什么'萤火虫的数量比去年增加了四五倍'啊，什么'在锹形虫之林，亲眼所见了二十只左右的锹形虫'啊，不过，绿泽这地方实在是太远了。路况又糟糕，两辆车都没法同时会车，真是够呛。"

这时，那名女员工一脸慌张地把装着荞麦馒头的小碟子分给大家。

"小光，你慌什么？"

"我觉得彰子马上就要回来了呀。"

"是啊，做了坏事就怕露馅。看，她回来了！"

"太过分了，行长，您不要吓我。"

小光赶紧将整个馒头塞入口中狼吞虎咽了起来。

分行行长也是几乎一口吃完。连美穗都跟着拼命地将馒头咽了下去。

"哎呀，快点儿把碟子收起来。"

"说的是，说的是，真是惊险刺激。"小光随声附和道。

美穗环视了一圈这家只有三个员工的小银行。只见室内墙壁上贴着各种宣传广告，上面写着：

夏季全力冲刺　"心跳加速结婚贷款"

夏季梦幻体验　"无限期待旅游贷款"

夏季安心套餐　"舒舒服服医疗贷款"

夏季快乐尽享　"自由自在休闲消费贷款"

　　正当美穗欣赏着那些宣传图上的婚纱、瑞士湖水以及在轻井泽 ① 树荫下与松鼠嬉戏的白发老奶奶时，屋里响起了一个精神十足的声音："我回来啦！"

　　与此同时，一名身穿浅蓝色衬衫、长发飘飘的年轻女子走了进来，她的腋下夹着一个小文件袋。

　　女子和美穗的视线猛地一交会，便立即猜出了彼此的身份。因为感到自己已经给对方留下了一个好印

———————————

① 轻井泽是日本一处知名的避暑胜地。

象，所以她们都露出了轻松愉悦的神情。

"你是小美穗？我是月崎彰子。一直以来，承蒙你爷爷的照顾。"

彰子向美穗打了声招呼。她有一双像小猫一样水灵灵的眼睛，一头浅褐色的长发从太阳穴的位置开始烫了波浪卷，一直垂到肩膀以下二十厘米的地方。刘海弄了个蓬松的卷儿，从肤色白皙的额头正中间清爽利落地斜向右侧。虽然长了一张圆脸，但那略尖的下颌线显得十分漂亮。

"你稍等一下，我马上就下班了。"

"啊——彰子，你现在可以走了，马上送她去吧。要不然，你可就回不来了哦，"分行行长特意体贴地说，"来回要四个小时吧。"

"哪有，三个小时就够了。"

说完，彰子就坐到了自己的办公桌前。戴眼镜的小光一看，马上缩起了脖子。身形富态的分行行长忽然开始找起了东西，将桌上的物品移来移去。

彰子也把抽屉开开合合了好几回。

"行长，您也在找东西吗？"彰子问。

"好奇怪，原本放在这里的东西不见了。"

"那我们按警铃吧。"

"什么？"

"我抽屉里的重要物品也被偷了。"

"那可真是不得了啊。"分行行长说着，忍不住打了个饱嗝。

"小美穗，你有没有看到什么可疑人员来过呀？"

美穗"扑哧"一声笑了出来。彰子用眼神回了一个微笑，左脸露出了一个单酒窝："看来好像是很熟悉我们内部情况的人做的呀，嗯。"

说完，彰子突然举起手，指向了分行行长。她口气严厉地指责对方说："您都胖成这样了，还没有汲取教训吗？一下子吃掉三个荞麦馒头，那也太多了吧。"

"是她吃了三个。"分行行长把责任推给了戴眼镜的下属。小光气呼呼地回应："啊，太过分了。彰子前辈，窥探到行长之前隐藏起来的这种令人讨厌的性格，请你对此简单地发表一下感想吧。”

"狡猾，小气，吝啬。"

接着，彰子笑着对美穗说："我现在去换下衣服，你等一会儿。"

"先给老爷子打个电话不好吗？"

"天气这么好，爷爷才不会闷在家里呢。再说了，爷爷的耳朵有点儿背，不喜欢接电话。"看来，彰子很了解爷爷的生活状况。

"还没放暑假吧？"分行行长问美穗，"现在还是六月呢。"

美穗回答："今天是建校纪念日。明天星期六，我翘了一天课①，弄了个三连休。"

"原来如此。"

"让你久等了。"

---

① 那时的日本初中生在周六是要上课的。

重新出现的彰子还穿着刚才那条高中制服裙似的大褶子灰裙，上身套了一件颜色很漂亮的衬衫，看起来像是一种淡淡的钴绿色。她手里还拿了一件白色的对襟毛线衣。因为在太阳落山以后，在海拔九百米的绿泽，气温会大幅度下降。

2. 驶向绿泽秘境

这是一条不断爬坡的土路，一个转弯接着另一个转弯。

"小心落石！""路肩疏松！"路上不断出现各种警告标志。彰子开着一辆白色的小汽车，双手娴熟地打着方向盘。车子沿着这条三十五公里长的山路，直奔那个被称为秘境的绿泽。

"这是新车吗?"坐在副驾驶座上的美穗问。

"三月份买的,申请了一个三年的贷款。"

"月崎小姐是什么时候拿到驾照的呢?"

"月崎小姐?听起来怪绕口的。你就叫我彰子吧。大家都这么叫。"

"不用叫彰子小姐吗?"

"大概是因为我整个人都很孩子气的缘故吧,所以,小美穗,你也这么叫吧。我高中毕业后,很快就拿了驾照,就在两年前。后来,我爸说:'我的车子不会再借给彰子你开了。'说我会把他的车子开坏掉。没办法,我只好买了这辆车。"

"你经常开车吗?"

"不上班的时候,一整天都在开车。即使是现在,我上班差不多也就为了赚点儿油费呢。小美穗,你看上去像是个运动全才。"

"没……没那么夸张。不过,我的体育还不错。"

"我说对了吧？我以前运动不行，所以，才会对汽车产生向往。那种飞驰的感觉，就像是在享受运动一样。"

"彰子小姐……"

"我说过啦，叫我彰子就行。"

"你经常去我爷爷那里吗？"

"有事的时候会去。不过，你也知道，爷爷习惯了自给自足的生活。大米、蔬菜、水果，地里种的都够吃。他自己还会洗衣服。肥皂、餐巾纸之类的，用的也不多。爷爷大概每个月会联系我一次，让我去拿土豆，或者给我点儿松茸什么的。我是个收货专业户。"

"爷爷一直都对彰子你赞不绝口呢，说你人好又漂亮。还有，车也开得好。"

"嘿嘿。"彰子心花怒放，不由得笑出声来。然后，她停下车，转头问美穗："小美穗，荞麦馒头好吃吗？"

"嗯，特别好吃。"

"那我们一起吃吧？"

"咦？你还有吗？"

彰子得意地笑了笑。她走下车，从后车座上的包袱中拿出了一个装有荞麦馒头的盒子。在这个十二个装的盒子里，只有三个格子是空的。

"我想着自己不在的时候，小美穗可能会来。所以，就拿了三个放在桌子抽屉里。"

"啊！"

"我已经被坑过好几次啦。对于我们银行内部'小偷'的作案手法，我现在可以说是了如指掌。你把整盒放进抽屉里试试，行长五个，小光五个，再给小美穗你两个，最后一个也不剩。"

"怎么会这样呀！真可怕。"

"给你水，"彰子往保温杯的盖子里倒满了冰水，接着说道，"因为你是爷爷引以为傲的孙女，所以，我之前就在想，小美穗是个什么样的孩子呢？你身上确实有值得爷爷骄傲的地方。就说我吧，也想让你给我当妹妹呢，因为你很可爱呀。"

"彰子，不好意思，我突然想换一个话题。你要不要和我一起玩猜谜游戏？比如，我们班现在流行猜这个：喜欢上课的书呆子感冒了。请问，他咳嗽吗？"

"咳嗽？啊，啊，我要上课课课（咳咳咳）。"

"答对了。再来一个。书呆子一年之中最讨厌哪一天？"

"讨厌哪一天？书呆子会讨厌哪一天呢？"

"圣诞节。"

"啊？为什么？"

"因为圣诞节的英文缩写是 X'mas，里面的 X 就像是做错题时被打的一个叉，所以书呆子不喜欢。"

"啊——原来如此。"

"书呆子给女朋友送了一枚订婚戒指。请问，他送的是什么戒指？"

"轮胎戒指。书呆子喜欢圆圆的轮胎，有一种做对题目后被老师画了个圆圈表扬的感觉。"

"再来一个。书呆子就是书虫嘛，那他有几条腿？"

"六条。不对，有一百条？"

"好可惜。就算是书虫，也只有两条腿。"

"你这家伙！"

"哈哈。如果你回答两条腿，我就可以说，因为是虫子，所以有六条腿。"

"简直是被你牵着鼻子走。好啦，现在肚子也填饱了，我们重新出发吧？"

彰子把装着吃剩的荞麦馒头的盒子和保温杯重新放回汽车后座，然后回到了驾驶座。

"希望爷爷能长命百岁，对吧，小美穗？"

"是的。"

"只要爷爷还活着，这一带就不会发生改变。最近，我终于明白'世道变了'这句话的含义。以前，我只是模模糊糊觉得，世道变了，就意味着生活里出现了一些方便实用的新东西，时代不断地发生改变。"

"难道不是这个意思吗？"

"小美穗，世道变了，就是人变了的意思。小美穗，世道变了，就是以前一直都在的人不见了，然后来了陌生的人。爷爷的好朋友，一个叫平造的人，他很支持爷爷关于大自然村的梦想。他们两人一直都反对修建大坝。可是，这个人三年前去世了。从那以后，绿泽的那些居民就改变了想法。到前年为止，还有公交去绿泽，对吧？虽然一天只往返一趟。那班公交车的司机姓中川。在三十五年的时间里，他一直一个人开着那趟车，直到前年退休。这么一来，公交车公司里就没人可以在这条山路上开公交了。因为大家害怕出事故，所以都不想开这趟车。这路上会突然起雾或下雷雨，车子没法开。再加上乘客又少，公交车公司就赶紧把这条路线给废除了。公交车停运之后，靠山的那些树枝也就没人砍了。树枝一口气长到了路面上。你看，路面窄了那么多。就连我这辆小车子，也一天天越来越难开过去了。所以，绿泽的居民们把土地卖给电力公司，抛弃了自己的家园。一个公交车司机退休之后，这里的世道就变成了这副模样。"

"在车站的厕所旁边，我看到爷爷画的那幅绿泽导游图的广告画像垃圾一样被扔在那里，心里真的很震惊。"美穗语气低沉地说。

"我知道爷爷画那块广告牌的事。那是爷爷的梦想，对吧？这个梦想正在厕所旁边慢慢腐烂。真让人无法接受。"

"那时候，平造爷爷还活着。那是绿泽自然村这个梦想最兴盛的时候吧。"

"对。爷爷登上富士山就是在那年的夏天，"彰子回答，"平造爷爷还去伊豆参加了滑翔翼的讲座。"

"才过去三年而已。"

"不过，爷爷的日子还长着呢。谁知道这个世道又会发生什么变化呢？"彰子先安慰了一下美穗，然后说道，"今天，我就在爷爷家过夜吧？"

"嗯？真的吗？"

"爷爷老是赶我走，说什么'年轻女孩子不能在单身汉家里过夜'。不过，我今天是和小美穗一起的，而且最重要的是，我还想吃松阪牛的牛肉火锅呢！"

"什么？牛肉火锅？"

"是爷爷托我买的。五百克最高级的雪花牛里脊肉，正好好地放在我这辆小车上呢。还有魔芋丝和烤豆腐。我把这些都装进冷藏箱，放到了后备厢里。"

"彰子，你们行长的影响力真的太可怕了。"

"哈哈哈。打起精神，向着牛肉火锅，出发！"

彰子往播放器里插入了一盘磁带。激情四射的音符立刻顺着这条绿意盎然的山路向前冲了出去。

美穗的心情也跟着雀跃了起来，今晚她不仅可以见到爷爷，还能同这么合拍的彰子一起在爷爷家过夜。

"啊，猴子。"

在左下方山谷对岸那片长着髭（zī）脉桤叶树的林子里，有三只猴子正呆呆地望着这边。

"之前，有十几只猴子蹲在路中间不愿意走呢，"彰子说，"就算你按喇叭，猴子也无动于衷。大概十年前，镇政府里有个工作人员曾驯养过这些猴子。那人把汽车喇叭声当作指示信号。'嘀，嘀嘀——嘀，嘀，嘀'。"

彰子演示了一番那个喇叭声。

"所以，如果你按喇叭，发出'嘀——嘀——'声的话，猴子反而会来得更多。那个驯养猴子的人大概四五年前去世了。猴子们好像也已经忘了这回事。不过，有些记挂着驯养人的家伙还是记得的，它们一听到喇叭声就会出现。"

"也就是说，还有一些没有忘掉驯养人的聪明猴子。"

"是这样吗？它们都不知道那人已经不会再来了，难道不是笨猴子吗？对了，你觉得，如果我说自己要留下来过夜，爷爷会高兴吗？"

"这个嘛——难道爷爷不正是这么打算的吗？五百克牛肉，两个人吃也太多了吧。吃了晚饭，天就暗了。那时候再回去，路上可不安全呢。"

"这样啊，爷爷让我买肉是为了这个啊。"

"是啊，爷爷肯定是想用牛肉来吊住彰子的胃口。"

"原来如此。'请警惕！花言巧语和夜间暗道。'"

"爷爷好像很中意彰子你呢。"

"啊！"

☆　　☆　　☆

车子突然来了一个急刹车。两人的头差点儿撞到了前面的挡风玻璃上。

在弯道处，竟然冷不丁地冒出了两道黑影。

一个头发乱糟糟的男人挥舞着双手，正在示意她们停车。男人身后站着一个身穿橘黄色连衣裙的高个子女人。女人戴着一副淡紫色的太阳眼镜，连衣裙的肩头部位破了一个二十厘米的口子，手臂上淌着血。

"请让我们上车，有人受伤了。"男人喊道。

男人的眼距特别狭窄，眼里射出一种异常犀利的目光，鼻尖好像一下子被什么东西给掰弯了似的，长得有点像雕鸮的喙。

这一男一女看起来三十岁左右。

"我们的车子掉进山谷里了。我们两个好不容易捡回一条命，终于从车里爬了出来，然后就一直走，一直走，从上面走到了这里。"

美穗惊讶得直瞪眼。而一旁的彰子则冷静地问了一个问题："你们是什么时候掉下山谷的？"

"什么时候？天还没亮的时候。我们一直安安静静地待在路边等人过来。可是，谁也没有出现，就连送报纸的摩托车都没来。"

"这种路，不会有车子来的，"彰子说，"我们去的是和镇子相反的方向。"

"哪儿都行。总之，请先让我们上车。这个人已经走不动了。"

男人刚说完，那个颧骨高耸、一头直发的女人便"扑通"一声跌坐在地上，伸直了两条大长腿。

彰子一脸为难地看着美穗说："载上他们去爷爷家？"

"真的是拜托你们了，请让我们上车。带我们去这位爷爷家，"说着，坐在地上的女人便把头叩到了地上，"啊，啊，我的胸口好痛啊！"

"是撞到了吗？那还是去医院比较好吧。可是，目前也没办法掉头啊。"

"那个，"男人不知所措地说，"就算要去医院，我们也必须先回到车子掉落的现场。车里有很重要的物品，还有钱包。我们必须回去取这些东西。如果从这里开车过去，大概有十分钟左右的路程。拜托了，拜托二位了。"

男人一边合掌作揖，一边打开后车门，钻了进来。女人也跟着踉踉跄跄地坐进了车子。

"算了，谁让小美穗是个热心肠呢。"说完，彰子重新打起精神，发动了汽车。

"啊，太好了，遇到了活菩萨，真的是太好了，"女人说，"我叫袋口君爱。这是我丈夫，袋口晋前。真的是太感谢你们了，感激不尽。"

"带他们去爷爷那儿。爷爷总会有办法的。"美穗小声地告诉彰子。

"话虽如此。不过，小美穗，大家分到的牛肉火锅可就一下子少了很多哟。"

"五个人分的话，刚好一人一百克?"

"请问，你的工作是和汽车有关的吗?"袋口君爱问。她的声音听上去精神了许多。

"不是，我在银行工作。"

"哎呀！你的车开得这么好，我还以为你的工作和汽车有关呢！"

"到了你们出事的那个地方，麻烦给我提个醒。"

"还远着呢。我们掉下去的时候，天还没亮。好不容易爬到了路上，又走到了现在。真是累坏了，累坏了。"

美穗心想，那个男人刚才明明说，大概只要十分钟的车程。

"你们出事的那辆车是什么颜色的？"

"嗯，说是黑色嘛，其实又有点儿偏灰色。"

"哦，是深灰色吧。"

"对，对，原来是叫深灰色啊。"

男人像是在叮嘱妻子似的应和了一声。不过，女人并没有回应他，只是独自在那里发起了牢骚："我竟然在这种地方走了这么远的路。我也太厉害了吧。"

"这样慢悠悠地开，反倒是让人感到可怕。"彰子嘀咕了一句。

3.

钞票和手枪

“停车！”

坐在后车座上的男人叫了起来。彰子缓缓地把汽车停了下来。

“发现车子了吗？”

“感觉就是在这一带，对吧？”男人问完女人后便下了车。

“如果是新手的话，可没

法应付这些弯道。"彰子说。

"如果是新手的话。"女人重复了一句。之后，她便一直静静地坐在车里。

男人先是往回走了二十多米。接着，他朝右边的河床滑了下去，在长着鹅耳枥和日本领春木的林子里四处张望。很快，下面便传来一声叫喊："倒车！倒车！车子在这里！"

彰子拼命地把脸探出窗外。她一边忽左忽右地打着方向盘，一边嘟哝着："在这么不好倒车的地方，'倒车！倒车！'，说得倒是轻巧。"轮胎发出了"吱吱嘎嘎"的声响。

当车子退到男人所站的位置后，三个人都下了车。彰子似乎感到有点儿冷，于是把毛线衣披在了肩上。

林子里，在一排排挺拔的鹅耳枥之间，一辆米色的汽车宛如一只四脚朝天的独角仙，车底朝上，四个轮子指向天空。

"是挺夸张的。"彰子说。

"幸好车子被那棵树的树干挡住了，我俩才只是受了点儿擦伤，"女人就像是在看热闹似的抱着胳膊说，"车子刚好翻滚了一圈半。"

"那不是米色的吗？"彰子奇怪地问。女人没有立刻明白彰子话中的意思，反问了一句："什么？"

"车子的颜色。"

"啊——原来是米色的。深灰色的车子是我们在轻井泽时借的那辆。我们每到一个地方就要借新车，所以就记成了之前那辆车子的颜色。"

听完女人的解释后，彰子陷入了一阵沉默。

"喂——"男人拨开灌木丛，走到了汽车旁边。然后，他抬起头，一个劲儿地挥手招呼大家过去："你们过来帮个忙！"

于是，三人拨开树下那些被男人踩得乱七八糟的杜若和草绣球，朝着车子走了过去。

"啊，我的包。"

女人从草丛里捡起了一个带花朵图案的手提包。

"还在吗？"男人大声地问。

"不见了。"

"需要找什么东西吗？"美穗问。

"一个不是很大的四方形褐色皮箱。那里面可是装着我们的全部家当呀。"这个一身橘黄色的女人在说到"全部家当"的时候，还特意加重了语气。

于是，大家拨开灌木丛，开始分头找了起来。

"痛！痛！痛！"

一脚踩进蓟（jì）丛的女人被刺扎得哭喊了起来。

"你穿着长裤，真好啊。"女人回头对美穗说。而另一边，彰子几乎没怎么帮着找箱子，因为她不喜欢女人的这种态度。

"啊！在那里！"男人指着前方叫了一声。

一个貌似红褐色的箱子正在一棵五角枫粗壮的树杈处闪闪发光，看起来倒像是被人故意放在了那里。瞧着那箱子和车子几乎就在同一个高度，因此，大家都以为可以轻轻松松地将箱子取下来。

没想到，脚下那片灌木丛的地势却忽然下降。越靠近那棵五角枫，红褐色的箱子就离地面越高，像是吊在天上一样。最后，四人终于走到了这棵粗得需要一个人才抱得住的五角枫下。男人在那里拼命地仰着头张望，忍不住呻吟了一句："好高啊，有四米高吧。不知道能不能爬上去。"

他尝试着往上扑，可是连最下面的那根粗树枝都够不着。于是，他马上就放弃了这个想法。

接着，男人捡来一些石头，开始往箱子上扔。不过，任谁看了都明白，这根本不可能成功。

最后，他再次尝试着往树干上扑，但很快便衣冠不整、四肢大张地从上面滑了下来。

"要是有根竹竿什么的就好了。"

此时，美穗走上去抱住了树干。

"小美穗！"彰子的语气里带着一丝责备，"爬树这种事，就交给男人去做吧。"

"可是，我穿的是裤子，没关系。"美穗回答。

"拜托你了，这位小姐，"女人哭哭啼啼地说，"我的男人也被撞得到处都是伤，胳膊肘好像弯不过来了。如果没有那个箱子的话，我们就真的活不下去了。拜托了。"

美穗轻轻地拍了拍五角枫的树干说："我试一试吧。"

女人赶紧"啪啪啪"地鼓起了掌。

美穗一鼓作气地往树干扑了上去。可是，还没够到最下面的那根粗树枝，手臂便没了力气。于是，她只好跳了下来。

"彰子，帮个忙，我要再试一次。"

这一次，彰子从下面用双手托起了美穗的屁股，美穗的手指终于抓到了那根粗树枝。

"成功了，成功了。没问题。"

美穗好不容易将身体抬了上去。然后，她一屁股坐在粗树枝上喘着粗气。

"身手好像变得笨重了很多。我以前爬这种树可是

很轻松的。"

"小美穗，你太帅气了。"男人欢呼了起来。不知什么时候，他已经记住了美穗的名字。

"是你太丢脸了吧。"女人狠狠地训了男人一句。

当树上的美穗正准备转移到另一根树枝上时，她发现脸蛋四周全都是一些横七竖八的小树枝。于是，美穗鼓足勇气，猛地扶着树干站了起来。她挺直腰板，拼命地伸出手指，终于够到了箱底。

"我的手短了五厘米。"

说着，美穗一根接一根

地扳下周围的一些小树枝，然后选出了比较结实的一根。她拿着这根树枝从下往上不断地捅箱底。每捅一下，箱子便动一下。终于，"轰"的一声，箱子掉下来了。

"谢谢。"男人形如猎犬一般扑向了箱子。

接着，男人突然逃跑似的飞快地往路面跑。

而那个一路小跑、追在男人身后的女人，正单手拎着一个不知什么时候捡起来的洋酒四角瓶子。

彰子一直等美穗从树上爬下来并拍了拍手之后，才小声地问："你不觉得那两个人有点儿危险吗？"

"为什么这么说？"

"他们说那是租来的车子，可那个不是租车的车牌号。"

"这样啊？"

"他们说自己是下山时翻车掉落的，但那个翻车的样子看起来却像是上山时掉下来的。真想跟他们分道扬镳算了。"

抬头一看，男人的身影已经到了路面，他正试图拉开彰子的汽车驾驶座的车门。

只是，车门被锁住了。男人弯曲的背影中似乎流露出了一股失落的气息。

美穗心中也忽然生出了一阵不安。那两个人坐的是后车座，没有理由去拉驾驶座的车门。

如果车子没有上锁的话，他们或许会直接抛下美穗二人自己跑路。

当两人绷着脸回到小车旁时，男人突然"扑通"一声坐在地上，双手撑地，对美穗她们说："谢谢你们，真的是帮了我们大忙。"

于是，四人又重新坐回了各自原来的位置。美穗也系上了安全带。

"不好意思，"女人问，"放在这里的荞麦馒头可以吃吗？"

彰子一边看着后视镜，一边有些不悦地回答："我也不能说不让你们吃吧？"

"对不起，我们两个从昨晚开始就没吃过东西了。"

男人一言不发地弯腰蹲在那里，在膝盖下方打开箱子，好像正在确认里面的物品。那个乱蓬蓬的头顶秃了圆圆的一大块。

右下方的山谷变得越来越深，无数个 S 形弯道不断地出现在眼前。这仿佛不是车子在前行，更像是弯道正向车子迎面扑来。

"司机小姐，请停一下。"

突然，男人用一种与之前截然不同的语气说道。

彰子把车子停了下来。

"你之前说自己在银行上班，对吧？"

"……"

"那能不能让我们见识一下你那套麻利的手上功夫？这是我们两个的全部家当，我想让你帮忙清点一下。"

男人说着便一把将箱子从彰子和美穗两人的头中间推了出来。

　彰子脸色一变，眼角往上翻了翻。美穗的背上冒出了鸡皮疙瘩，膝盖抖个不停。在这个半开半闭的箱子里，装满了一万日元一捆的钞票。

　突然，女人带着一种威胁的语气说："这家伙脑子笨，数不清楚。我嫌麻烦，不想数。所以，就交给你这个专家来数吧。来，数数看。我们对帮了忙的人，可是会稍微意思一下的哦。快点儿告诉我们，这里一共有多少钱？"

在后视镜里，男人正炫耀似的把玩着手中的一把手枪。

无奈之下，彰子开始点起了钞票。

"嘎——嘎——嘎——"有十几只乌鸦叫着飞离了河道。

"这个荞麦馒头，味道可真不错呢，"女人对男人说，"这一带也就只能种出荞麦了。典型的穷乡僻壤。"

"银行上班的，我看你还是更适合去卖车啊，"男人说，"我原本是想让你表演得更带劲一点儿。就像孔雀'唰'的一声开屏那样，给我'啪啪啪'地数起来。"

美穗仿佛正置身于一个噩梦之中，全身僵硬得无法动弹。

"四千六百七十五万日元。"数完钱后，彰子语气生硬地回了一句。

"大概也就这个数吧，"男人说着，露出一丝诡异的笑容，"现在就把你们两个给放了。好了，你们可以下车了。"

不过，彰子和美穗都没有动。

"怎么？不高兴吗？我说了，你们可以下车了。"

"还是，你们觉得我俩表示的谢意不够啊？"女人的话音刚落，男人便一下子把脸凑到了驾驶座旁，在两人面前摆弄着那把手枪。

"像现在这种时候，人总会想，这把枪是不是玩具枪？其实啊，手枪这玩意儿，越是真的，看上去就越像是一把玩具枪。喂，小美穗，把那扇车窗打开，再开大一点儿。"

美穗将车窗摇了下来。

"嘭——"

一道轰响，枪口喷出了火。

"呀——"彰子尖叫了起来。

"哇，看到了吧。刚刚真的冒出了鲜红的火苗呢，"女人兴奋地喊了起来，"和刑警剧里演的一样呢。一扣扳机，就有子弹射出来。对吧，小美穗。"

美穗嘴角僵硬，完全发不出声音。

"你们看，这个果然是一把玩具枪呢。两位小姐，"男人说，"叫什么名字来着，那个不是新手的老司机？"

"叫彰子吧，"女人告诉男人，"小美穗好像是这么叫她的。"

"我们两个在法庭上被审判的时候，这对姐妹被叫过来站在证人席上。'证人叫什么名字？'姐姐就说：'我叫彰子。'妹妹回答：'我叫美穗。'"

"别搞笑了，你要按计划行事呀。"女人提醒男人。

"车子到手后，不是要喝酒的吗？"

"那是把车主杀了的剧本。你不是说过，醉酒杀人，可以减罪嘛。不过，我们准备放这对好运姐妹一条生路，所以没有喝酒这一段了。"

"跳过了最好的一段戏。"

"是跳过了最糟糕的一段戏啦。对了，"女人笑着对两人说，"我们可是很忙的呀。没法在你们身上浪费时间哦。乖乖地把车钥匙交出来，然后给我下车。不要这么死脑筋。你们也就只有这么一条命，可要好好珍惜呀。"

彰子眼中泛着悔恨的泪光，嘴一扁，变成了一张四方脸。她把车钥匙放在座位上后便下了车。美穗也摇摇晃晃地站到了路面上。

"这么重新一看啊，发现我们要告别的可是一对让人留恋的美女姐妹花呢。"

男人快速地坐进驾驶座，握住了方向盘。

"小美穗，你的头发分叉了哦。你那个马尾，扎得太高啦。这样的马尾会让你很快秃头的呢。我以前做过理发师。你可能不知道吧？在涩谷一家叫作'Twilight①'的店里，"女人得意地笑着说，"荞麦馒头，味道可真不错。我早就给过你们暗示啦，'袋口君爱'和'袋口晋前'，倒过来念就是'爱君口袋'和'钱进口袋'，看来你们都没有发现呢。拜拜，保重哦。"

_____

① Twilight是暮色、黄昏的意思。

心情大好的女人朝两人轻轻地摆了摆手。

　　彰子那辆刚买的爱车很快便从视线里消失了。在这条连落日余晖都已经照不进来的山路上，在令人心生怯意的黑暗笼罩中，美穗二人就像是两只遭人遗弃的小猫，被孤零零地扔在了那里。

4.
只能走着去了

　　接下来要怎么办呢？不知道。

　　美穗和彰子就像两个人偶似的呆立在那里。

　　"嘶——嘶——"

　　彰子时不时地抽抽鼻子。美穗想把自己手里的手帕递给彰子，可身体不听使唤，只能一动不动地站在原地。

"对不起，彰子。"

"没有啦，小美穗没什么需要道歉的。"

"都怪我爬了树。"

"我不是也推了小美穗的屁股，帮了小偷的忙嘛。谢谢，"彰子从美穗手中接过手帕，一边擦着脸，一边又哭又笑地说，"真是莫名其妙。小美穗拼命地爬上树，替小偷拿回了钱。我这人也是，还帮忙推了你的屁股。"

"那种家伙会遭到报应的，他们会再次掉下山谷的。"美穗说。

"算了吧，那样的话，我的新车可怎么办？"彰子哭笑得更大声了，"我只希望不要发生那样的事情。我是真心希望那俩坏蛋能够平安。你能明白吗，我的这种荒唐的想法？"

说着说着，彰子逐渐平复了心绪。她把白色对襟毛线衣脱下来，披在了美穗身上。

"我们接下来该怎么办啊？"

"也不能待着不动啊，只能走着去了。"

"去哪儿？"

"朝着车子开走的方向走。"

"对了，那两个人如果到了绿泽，一定会去爷爷家。因为那一带没有其他住户了。从这里到绿泽，还有几公里呢？"

"感觉还有不到一半的距离吧。"

"那差不多有十公里？"

"十五公里吧。"

"走着去吗？"

"我们可没有翅膀飞着去哦。"彰子说。

"那我们还要和那两个坏蛋再对决一次？"

"嗯，毫不还手的话，太没面子了呀，小美穗。"

"彰子原来是这种性格的人哪？"

"总之，我们是'寻车三千里'。我一定要拿回我的车子。从某种意义上来说，敌人已经是瓮中之鳖。这条路的尽头就是绿泽。不管怎样，除非他们原路返回，否则就没法逃走。"

"要是他们现在就掉头回来呢？"

"除了绿泽，这一路没有可以掉头的地方。"

"原来如此，瓮中捉鳖啊。"

"对吧？只不过，这只鳖正拿着枪呢。这可不是漫

051

画故事哦。"

"是吗？但其实这是漫画里才会有的情节吧？"

"好嘞！那我们就变成漫画里的主人公，轻松愉快地踏上这段冒险之旅吧，美穗。"

"哎哟！来啦，小彰子。"

"什么呀，小美穗原来是这种性格的人哪？"

"我没有看上去那么沉闷吧？我其实是一个马马虎虎的人哪。"

"那我们就马马虎虎地来吧。你马马虎虎地猜想一下，敌人接下来会怎么做？"

"马马虎虎地猜想一下的话，他们首先会打一声招呼，说'晚上好'，然后走进爷爷家。啊！牛肉！"

"肚子饿了吧，美穗？"

"饿了。到嘴的什么肉被叼走了，说的就是这个意思吧？"

"不是'什么肉'，是'松阪牛肉'啦。"

"对，那可是雪花牛里脊肉，著名的松阪牛肉啊，彰子。我们太天真了，之前还说什么每人一百克。"

"牛肉的话题先放在一边。美穗的马马虎虎猜想专题节目，请继续。"

"敌人为了能够在爷爷家休整一下，会说一些漂亮话来哄爷爷。然后，他们就住了下来。"

"爷爷人好，看到有困难的人，总想尽量提供帮助。"

"敌人睡了一个晚上。到了明天一早，他们会拿出一万日元当作谢礼，说一声'给您添麻烦啦!'，然后，装作什么也不知道的样子，沿原路返回。"

"他们就这么小瞧我们吗? 敌人应该会猜到，我们走回镇上报警的大致时间吧。所以，他们可能会先切断电话线，然后把爷爷绑起来。接着，两个人开始吃肉。"

"这么一来，就变成每人二百五十克了。"

"吃完后，他们会开车全速返回。"

"你不觉得，他们开夜车的话，又会掉进山谷里吗?"

"嗯,这是最让人感到害怕的地方。不过,爷爷肯定认得我的车子。只要看到我的车,爷爷心里就有数了。我们要相信爷爷,他会想办法的。"

"不管怎样,我很担心爷爷,"美穗说,"我们去绿泽吧。"

"路程多算一点儿,就当是十六公里。用时速四公里的速度走,需要四个小时。大概快九点的时候能到。"

"西边的太阳能为我们坚持到那个时候吗?"

"昨天是夏至,是一年里太阳在天上待得最久的一天,不过也只是坚持到七点半而已。"

"那为了配合太阳下山的时间,我们必须提速了。时速六公里,怎么样?"

"OK。右脚,引擎,启动,挂挡!左脚,引擎,喷射!"

"还有,火箭发动机,点火!"

两人打起精神，开始跑了起来。不过，美穗很快便上气不接下气地说："左脚，引擎，液压系统疑似出现故障。"

"嘎——嘎——嘎，嘎。"

乌鸦在林间树梢上嘎嘎大笑。

"美穗号飞机，备用引擎，点火！"彰子在几米外的地方，头也不回地喊道。

"这里是美穗号飞机，油箱出现漏油情况。"

"嘎，嘎，嘎，嘎——嘎——"

乌鸦再次叫了起来。

"这只乌鸦在干吗呀？我们说话，它老是插嘴。"

"这里是美穗号飞机，燃油耗尽，请求紧急补给松阪牛肉。收到请回答。"

"本架飞机也没有多余燃油了。收到请回答。"彰子号飞机回复。

"你好过分哦。嗯，美穗号飞机已经抛弃过去，不再纠结是不是松阪牛肉了。雪媚娘、薯片、香蕉、饭团，什么都行。请给点儿补给吧。收到请回答。"

"我自己都成要饭的了。收到请回答。"

"这种像百合一样的橘黄色花朵叫什么名字？收到请回答。"

"萱草。收到请回答。"

"请挖出它的球根，立即炸成天妇罗。收到请回答。"

"嘎——嘎——嘎——嘎，嘎。"

"美穗号飞机，请抓捕这只无礼的乌鸦，开一家肯德基深山田镇绿泽分店。收到请回答。"

"彰子号飞机，请即刻返回深山田镇，把荞麦馒头买回来。收到请回答。"

"绿泽比深山田镇离这里更近。收到请回答。"

"右侧引擎，左侧引擎，熄火，准备紧急降落。嗡嗡嗡。"

美穗停下脚步，蹲了下来。

"美穗号飞机，请回答，请回答。"

"嗡嗡嗡嗡。"

无奈之下，彰子只好回到了美穗蹲着的地方。

"口香糖什么的，也没有吗?"

"没有。"

"你认真找过了吗?"

"找过了。其实，也没什么可找的。如果是牛的话，这种时候还能把肚子里的东西重新吐回嘴里再咀嚼一遍。"

"原来牛的脑子挺聪明的啊。以前都不知道牛这么聪明。"

"从吃饭的技术上来看，牛比人要发达很多。"

"啊，那个鼻子长得像雕鸮一样的秃头坏蛋，"说着，美穗突然想起了自己放在汽车后备厢里的运动包以及包里的东西，"彰子，我本来有鱼糕的，鱼糕。"

"啊！在哪里？"

"在我的运动包里。"

"什么呀！"

"给爷爷带的特产中还有虎屋①的羊羹。就连水果糖都有呢。啊！包里还有餐厅的礼盒套装，橙汁烩鸭、炖牛舌、奶汁烤贻贝……全都是一人份的小盒装，一共有六种口味。就是那家有名的法国什么餐厅的呀。"

"小美穗，你现在想起这些又有什么用呢？真是的。"

---

① 虎屋是日本一家专门制作日式糕点的公司，其主打商品是羊羹。

"呜呜，让人想哭。"美穗揉了揉眼睛。

"小美穗，想哭就哭吧，哭完了再慢慢走。着急也没用。一边休息一边走吧，不要累着了。"

"其实，彰子你也累了吧？"

"累了，都是为了照顾小美穗你呀。不过，这不是挺好的吗？这下子，你的暑假作文可以拿个大奖了。只要你把自己为了劫匪拼命爬上一棵五角枫的场面写进作文里。"

"那个时候啊，我忽然心有所悟，本来打算从树上下来的。没想到彰子你冒冒失失地，一口气就把人家的屁股给推上去了。"

"你妈妈是不是经常这样教育你：你这个人哪，还是诚实一点儿吧。"

"我要写进作文里的可是抓住劫匪的那个场面。把劫匪猛地甩出去，然后再紧紧地抓住。"

"哈！这个想法不错啊。不过，你还是稍微冷静一点儿吧。这么兴奋的话，一下子就累了哦。"

此时，两人正坐在路的正中间。

夜风带着一股凉意，黄昏的黑影渗进了山阴处的绿树之间。

"喀呐，喀呐，喀呐，喀呐。"

暮蝉叫了起来。

"风在说，喂，挡道啦，让开，让开。"说完，彰子打了一个小喷嚏。

"啊，对不起，给你。"

美穗正准备脱下毛线衣，却被彰子制止了。

"小美穗的衣服都是黑白色的，比较适合穿这件毛线衣。我不冷，因为接下来还要一直走着去呢。"

"太阳下山以后，也要一直走？"

"是的。"

"天为什么一定要黑呢？"

"小美穗啊，那是因为太阳也必须回家呀。"

"太阳家里有一个厉害的老婆。"

"对，月亮是太阳的老婆。"

"彰子你姓月崎，那你就当月亮。我姓日夏，那我就当太阳。这样可以吗？咚，咚，咚。"

"这是什么？"

"现在刚好是太阳疲惫地拖着沉重的脚步回家的时候。'我回来啦。啊，好累啊。又是黄瓜。真讨厌。'太阳不喜欢吃黄瓜啦。"

"讨厌吃黄瓜的是小美穗你吧？'你回来啦。你怎么老做一些吃力不讨好的工作？我看你今天一定赚了不少吧？上了那么长时间的班。'"

"'你这人，要么把气撒到别人身上，要么就是一脸的不高兴，就只有这么两种态度。我已经说过很多遍啦，我不是为了钱在工作，我是为了那些需要我的人在工作。'怎么样？这段台词有点儿感人吧？"

"'需要你的那些人哪，全部……全部都是些忘恩负义的家伙。他们全靠你活着吧。花草树木，虫鱼鸟兽，还有人。对了，我就替你向他们征收一些税金吧。在他们晚上睡觉的时候，从他们那里拿走最珍贵的东西。爱、生命、金钱、良心，把这些一点点地拿走，然后存到我自己的银行里。这种只有奉献的生活，我早就过厌了。'就这样，夜晚变成了和白天全然相反、特别可怕的一段时间。这个结尾不错吧？小美穗。"

"嗯，不错。"

"那我们差不多可以起来了吧？"

两人站起身来，重新迈开了脚步。

"走路要稍微用心一点儿哦。"

"好的。接下来就一句话也不说了。要不我们约定，如果有人开口说话，另一个人就可以敲打她，怎么样？"

"既然这么说好了，我是不会讲话的啦。毕竟我本来就是个闷葫芦。"

"哎呀，哎呀，你这人，还满口胡言。"彰子说。

5. 左脚小脚趾

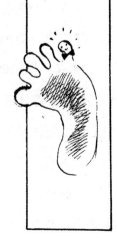

　　两人离开溪边，走进了一片树林。四周的光线忽然暗沉了下来。风吹树叶的声音也变得越发响亮。

　　美穗走路时，一门心思只顾着脚下。

　　大百合绿油油的厚叶子宛如牛舌般铺展开来，中间伸出一根粗如木棍的花茎。金线草也长势凶猛，每一片新叶上都有一条深棕色的花纹，看上去就像一对多足虫拼成的八字眉。堇菜的心形叶片像怪物般高高隆起，幼嫩的种子正平躺在这些叶片的正中间。水金凤娇艳的黄色花朵零星地点缀在灌木丛中。野茉莉的白色花朵撒落在路面上。

"我说，时间这东西可真是逝者如水不可逆呀。"

"……"

"如果是录像的话，还可以倒带。"

"我要打你了哦。"

"打吧，只要你能陪我说说话。"

"闷葫芦一样的撒谎少女终于说出了这句话。"

"彰子，你不觉得这条路跟镇上的那些路完全不一样吗？这条路就像是活的，它好像正在看着我们，挺开心的，像是很久没见过人类这样走路的样子了。好令人怀念啊，以前，每次来爷爷这儿，都是那么让人怀念。路啊，树啊，草啊，鸟啊，全都令人怀念。倒不是我要去怀念，更像是怀念这种感觉自己找上我的。

我本来就在镇上出生长大，没有怀念的理由嘛。但是，当我透过火车车窗，看到蜀葵、绒球大丽花、美人蕉这些城里没有的、长得结结实实的花朵时，心里都会感动得不行。绿色的庄稼地和橘黄色的野花特别能够打动我。甘草、火星花，还有地里种的菜豆花。在一片绿得让人不敢相信的深草绿色之中，出现了那种显眼的橘黄色，让我看得直想掉眼泪。彰子，你会不会这样？"

"小美穗原来是个软心肠。唔，你可以靠这个过生活。日夏美穗，你的工作就是软心肠。"

"这个，谁会给我付钱呢？"

"肯定会有人付钱的啦。就像刚才，那两个小偷不就给小美穗戴高帽，让你上树，给你的软心肠一顿赞美了吗？不过，他们是坏蛋，所以翻脸就不认人了。"

"爷爷说，这些树、草、鱼、人，全都是神圣的大自然的一部分。不过，那俩家伙不算。"

"袋口晋前和袋口君爱，这俩名字起得可真不错。

现在回想起来，都觉得很可笑。"

"天慢慢地暗下来了。要是周围一片漆黑的话，我们还能继续走下去吗？"

"眼睛会适应的，不会变成伸手不见五指的。"

"据说，在沙漠里生活的人，视力2.0的多得是。彰子，我觉得我们的视力肯定会变好的。所以，就算天变暗了，也不用担心。"

"小美穗，看，有果子。"

彰子发现了鸡桑树。树上长着红色和黑色的果子，看起来就像是一颗颗长了刺的红豆。

看到美穗专挑一些鲜红的果子摘，彰子便说："这些很酸吧。黑色的果子比较甜，因为已经熟透了。"

"啊，原来是这样啊。"

当手掌心里的黑紫色果子差不多有八九个之后，美穗便将这些一股脑地塞进了嘴里。

"好甜！啊，彰子，你的嘴巴乌黑乌黑的，让这张脸看着很不舒服。"

"哈哈哈，你那张脸才让人感到害怕呢。"

接着，两人穿出了林子。右手边出现了一大片山谷，天色亮堂了许多。

山溪对岸低地的四照花树白得发光，远远地还能看见一些粉色的花朵。

"噜噜噜。"溪树蛙清脆悦耳的叫声响了起来。

"我都不知道那儿长了那么多四照花。因为我开车的时候，完全没有看窗外的风景。"

山溪在一点点地往上走，仿佛想追平路面的高度。水声也变得愈发激昂。

"快看，翠鸟！快看。"

"啾"的一声，只见一只宛如淡蓝色宝石的小鸟越过两人，掠过浅滩飞走了。

"哇，好漂亮。"

"走一走，也有好事发生呢。"

这一带既有深水又有浅滩，地形变化万端，能够看到这条水晶川最美的风景。

“河面上好像冒了点儿热气。”

“到了清晨或傍晚，水面就会起雾。”彰子告诉美穗。

此时，河面开始升起一层朦胧的白雾。不过，在雾色变成浓稠的乳白色之前，从溪流上游刮来一阵风，把这片白雾吹散了。

“按照这里的地形，风多半是从天狗巢岳上吹下来的。”

天狗巢岳是一座海拔约两千米的大山，位于绿泽以北。爷爷曾说，在这座山的背后，还有一些更高的深山。如果天狗巢岳的山顶起了云雾，那么这里马上就会下雨。

彰子本来想把这些话告诉美穗。可是，当她抬头望向天狗巢岳之后，嘴里便说不出话来了。

因为那里乌云笼罩，已经看不见山顶了。

“咦？这里开着黄花菜，”彰子指着岸边一些形状纤细、貌似百合的柠檬色花朵说，“像北萱草。”

终于，两人沿着一条长长的上坡路走进了一片杉树林。四周逐渐暗淡了下来。

暮蝉的鸣叫声此起彼伏。

此时，两人不仅身体疲乏，内心也感到有些莫名的害怕。

出现在眼前的山谷看上去更加深邃，如同一张被淡紫色浸染的照片。连树林的绿色也变成了相同的紫色调。

"我们已经走了几公里了？"

"大概四公里吧。"

"不止吧。"

"……"

"果然，天还是会黑的。"

"对了，小美穗，天黑以后，肯定会有萤火虫出来。"

"哦——"

"萤火虫成群结队地飞过来，一会儿变成团子形状，一会儿变成螺旋形状。你不觉得那个景色会很美吗？"

"你见过？"

"是爷爷说的，今年的萤火虫一下子多了很多。"

"彰子，等天色再暗一点儿的时候，我们牵着手走路吧。"

"好，那样子比较安全。"

"彰子，天上有蝙蝠。"

"那难道不是燕子吗？"

"那是蝙蝠。"

"小美穗，你的脚不疼吗？"

"如果我说疼的话，你会背我吗？"

"初中生可不能说出这样的话来呀。"

"彰子，前面的路也像现在这样右手边都是悬崖吗？"

"到绿泽的入口，也就是那座水晶桥为止，基本上都是这样。"

"等天色全黑了之后，就算不开车，人也可能会掉下去吗？"

"你这就叫作杞人忧天，小美穗。"

"彰子，接下来还要走多久？说时间。"

"两个小时。"

"唉，再说少一点儿嘛。"

"那你去拜托这条路吧。"

"路啊，路啊，请快点儿把我们送到绿泽的爷爷那儿吧。不要两个小时，就一个小时吧，拜托了！"

"路是怎么回答你的？"

"路说：'嗯，好的，好的。'"

"小美穗，你就像刚才拜托这条路一样，向这位彰子拜托一下试试看。"

"彰子大人，彰子大人，请快点儿把我们运到爷爷那儿去吧。"

"如你所愿。"彰子认真地回答。

"真的？"

"再往前走一点儿，有一条老路。以前，绿泽的居民赶不上公交时，就会走那条路。那是一条近道，穿过黑杉山后，没多远就能到达绿泽。在山顶有一座小庙，还有一些以前金矿山时期的痕迹。原本，那才是主干道。因为是过去的老路，所以路面很窄。不过，爷爷说过，从那里走就可以早一个小时抵达绿泽。"

"那条路现在也还是一条路吗？"

"不知道。只看入口的话，还是路的模样。爷爷每次从入口前经过时，都会说'这条是过去的老路'，所以我就记住了。走吗？"

"……"

"那条路可能会让人感到心里没底。不过，我听说，那条路没有山谷，就算是老年人走，也不会有危险。爷爷准备建造自然村的时候，在那里立了一个徒步旅行的路标，并且还动员全村人去修路了呢。"

"彰子要选那条路吗？"

"嗯，因为近一点儿比较好。"

"那我就把自己的运气押在彰子身上了，我也选那条路。"

"要翻过一座山哦，必须爬上山顶才行，能坚持吗？"

"能。"

然而，当那条老路的入口出现在眼前时，两人一时间全都呆若木鸡，面面相觑，陷入了沉默。

虽然山谷上方的天空中已经出现了三四颗闪闪发光的星星，但是周围仍给人一种微亮的感觉。

而这条老路却是漆黑一片，让人连脚底都看不清楚。

"啊，萤火虫。"彰子叫了起来。

忽然，有几个银白色的光点从两人眼前掠过，接着便没入了老路的灌木丛里。两人一边往老路上探头探脑，一边说："那里也在发光。"

"看，还有那里，三只、四只。"

"彰子，我们走这条老路吧，"美穗提议，"这是爷爷修过的路，它会保佑我们的。"

"好，毕竟我们在赶时间，"彰子像是在自我鼓励似的说，"我们轮流唱歌吧，用文字接龙的方式唱。"

两人从童谣、老歌、流行歌曲一路唱到了校歌。后来，彰子还唱了一首不为人知的、奇怪的歌曲。

加油呀，加油呀

左脚小脚趾

个头最小，动作又慢

忍耐能力，谁也不输

碰到柱子，啊痛痛痛

撞到桌子，啊痛痛痛

被踩到后，啊痛痛痛

即便如此，也没关系

左脚小脚趾

"这是什么歌呀？"

"这是我妈编的一首歌，"彰子回答，"虽然我现在的运动神经也不是很发达，但是小时候，那更是笨手笨脚的。左脚的小脚趾老是撞到别的地方，可痛了。我一哼哼叽叽，我妈就会唱这首歌。我也就慢慢地喜欢上了。一听到这首歌，心里就会产生'好嘞！加油！'的感觉。"

“这样啊。是首好歌，我也喜欢。”

虽然一路上走得磕磕绊绊，但令人意外的是，两个人都没有跌倒。而且，她们的眼睛也逐渐适应了这片黑暗的环境。

这时，脚边传来一阵“吧嗒吧嗒”的声响。有一只大鸟拍着翅膀飞了起来。

还有野兽在灌木丛中发出“嘎吱嘎吱”的声音。

“彰子，刚刚那个是什么？”

“那个不是狸猫吗？和动物园里的狸猫一样的臭味。”

“可是，那个比狸猫大。”

“是野猪吗？”

“我觉得，会不会是个人？”

“不会吧？一个人躲在这种地方，能干些什么呀？”

“是哦。彰子，现在几点了？我的手表没有夜光功能。”

“八点十五分。”

"彰子，这条真的是路，对吧？"

"我倒也想找个人来问一问呢，如果有人可以问的话。"

"我老觉得，我们一直在往深山里走。"

"……"

"彰子……我可以哭吗？"美穗的话里带着一丝哭腔。

"不行，"彰子先是一口回绝，接着又问，"真的不哭了吗，小美穗？"

"不哭。"

"如果这不是一条路的话，我们也不可能这么一路走过来了。我们只是没有证据证明这是一条路，但这并不代表这不是一条路。"

"彰子你真厉害。"

"如果小美穗不在这里的话，我早就哭出来了。"

此时，在两人的左手边，山路突然变得宽敞起来。

"看！路面变宽了！"

"这里不是山顶吗?"

不过,前方有一堵黑墙拦住了两人的去路。已经无路可走了。

"我们大老远地跑过来,却要遇到'今天休息不营业'的情况,不会吧? 这也太过分了。"

彰子集中精神,仔细地观察了一下四周,说:"小美穗,不要泄气。这里有个洞穴,大概是以前挖金矿时用过的坑道入口。也就是说,我们没有走错路。刚才路面变宽的地方,我们转了个弯。如果那时候直接往前走的话……"

就在这时候……

"哗啦哗啦",响起了纸张翻动时的那种声音。雨滴开始大颗大颗地从空中往下砸。

"轰隆隆,轰隆隆。"

在天空的一角,白光乍现,山脊的轮廓清晰可见。

"好大的雨。不过,小美穗,我们很幸运呀,因为有避难场所。"

说完，彰子拉起美穗的手，跨进了漆黑的洞穴，也就是那个金矿山的坑道入口。

"坐吧。"

"哗啦啦，哗啦啦。"暴雨来了。雨声飞溅，一声盖过一声。

"小美穗，你可以靠在我的身上睡一会儿哦。"

"嗯。"

"小美穗，我们运气不错呢。这要是走在那条车道上，现在就是落汤鸡了，肯定会感冒的。"

"哦，嗯。"

"小美穗，你不冷吗？"

"……"

"脱掉鞋子可以缓解疲劳哦，就算只是脱掉一小会儿。"

"……"

"小美穗。"

"……"

"什么呀，已经睡着了啊。"

彰子的肩膀托着美穗的侧脸，而她自己则靠着岩石，闭上了眼睛。

"呵呵，左脚小脚趾……"

"小美穗？"

"……"

"在说梦话呀。"

风雨似乎变得越来越猛烈了。

为了不吵醒美穗，彰子轻轻地哼了起来："加油呀，加油呀，左脚小脚趾。"

6.
黑色大会

　　每当天上出现闪电时，坑道的入口就会浮现出一个泛着白光的长方形。

　　这个场景，美穗感觉自己已经见过好几次了。每次看到的时候，就会有一阵风夹带着雨水忽地吹进洞里。与此同时，还有一种奇妙的气息闯入坑道之中。美穗的手臂、鼻尖和发丝都能感受到这种气息。一种具有生命力的、正在呼吸的气体慢慢地充满了整个洞穴。

美穗心想，这是一个梦吧。因为彰子不在这里。还有，坑道的入口那么远，看起来反倒像是一条长隧道的出口。那个入口正在越变越小。

美穗感到自己搭乘的物体正在往坑道深处飞速移动。刚才看似只有几步之遥的白色长方形入口，现在已经远得宛如一颗闪着银白色光芒的小星星。

她似乎听到有谁在说话。四周气氛和睦，像是有一大群人正在宴会上谈笑风生。美穗紧绷的神经一下子松懈了下来。

"快点儿，往前走，往前走。"从美穗的身后传来了一阵说话声。

"用不着这么催吧？离大会开始还有时间。"

"如果不坐在靠前的位置上，就看不清精灵跳舞了。"

"是吗？四条腿可真不方便呢。"

伴随着这段窃窃私语，美穗的头顶上方掠过了一道声响，像是日铜罗花金龟拍动翅膀时发出来的声音。

"下面那群家伙真是纹丝不动。"

美穗的马尾辫上有什么东西正在发牢骚。

忽然，一道晃眼的黄光照了进来。眼前有一扇大门打开了。

夏至庆典黑色大会会场

"这不是已经开始了吗？"

美穗毫不犹豫地走进了会场。场内已经坐满了八成左右的观众。

每一个都身穿黑色礼服。

有似乎喜欢论理辩驳的独角仙，有一脸悠闲的鼹鼠，以及东张西望、沉不住气的鲇鱼。除此之外，还有熊蜂、臭鼬、比目鱼和甲鱼。

虽然大家会时不时地带着一种探究的眼神望向美

穂，但谁也没有过来盘问或跟她搭话。

这里有风雨的气息，还有土壤、树木以及水边那种舒服的味道。

整个会场内充满了一股蓬勃的大自然的能量。大家悄声说着话，会场里回荡着令人陶醉的回音，就像是从房檐轻轻滴落的雨水，不停地回响在美穂的耳边。

"啪啪啪。"

一阵掌声响彻整个会场，天花板上的灯光熄灭了，只剩下一个明亮的舞台。

一条体形庞大、身穿晚礼服的黑色鲤鱼将两片鱼鳍撑在演讲台上，向观众弯腰致意。

"本年度的黑色大会现在开始。相信不用我说，大家也知道，昨天是夏至，是一年中夜晚时间最短的一天。对我们这些黑色人士而言，昨天是一个最佳休息日。从今天开始，就进入新的年度了。为了庆祝过去一年的平安无事，以及祝福本年度能够红运上升，我们在此召开本次大会。接下来，请所有成员齐唱《黑之歌》。全体起立。"

　　所有观众一脸严肃地站了起来，在风琴的伴奏下唱道：

　　　　　战胜所有颜色的黑色啊

　　　　　和平的夜晚，休憩的色彩

　　　　　自尊自傲，力量无穷

　　　　　黑色啊，你是我们永恒的荣耀

　　"谢谢各位。接下来，让我们用热烈的掌声对上一年度七名轮值干部表示感谢。首先，请负责星期天事务的黑凤蝶先生上台。"

　　一只黑凤蝶缓缓地扑打着一对大翅膀，站到了台上。台下的乌鸦少男少女合唱团开口唱了起来：

　　　　　恩泽之光，灿烂辉煌

　　　　　黑色羽翼，浴光焦化

飞吧飞吧，蝶影飞舞

白昼编织，黑色梦乡

"谢谢。接下来，让我们有请负责星期一事务的家蝠先生上台。家蝠先生！"

这时，有一只蝙蝠从观众席中跳了起来，猛地飞到了台上。

身为大会主持的黑鲤鱼用一种大惊小怪的语气说："我当是飞来了一颗子弹呢！这位就是家蝠先生。"

月之精灵，蝙蝠先生

黑色斗篷，黑色鞋子

掠过月夜，掠过暗夜

银河之下，来回巡逻

"接下来，请负责星期二事务的乌鸦先生上台。"

乌鸦的鞋子在地上踩出了很大的声音。他走到台上之后，展开翅膀向左右两边挥手致意。

  嘎嘎嘎嘎，鸦乃火鸟

  火焰烧灼，黑色胸膛

  其嘴坚硬，胜过钢铁

  嘎嘎嘎嘎，守卫森林

  "正如这首歌曲所唱的那样，乌鸦先生尽心尽职地守卫了我们的森林。谢谢。接下来，请负责星期三事务的豉甲 ① 先生上台！"

  "嗡"的一声，原本停留在美穗头上的某个东西留下一道细微的振翅声，随后降落到了讲台上。

  "各位，我想你们应该看不清这位豉甲先生，但这确实就是它。请鼓掌。"

---

① 豉甲是一种水生甲壳虫。

畅通无阻，豉甲先生

水上列队，快似跑车

每逢比赛，头晕目眩

黑色身躯，头晕目眩

"虽然工作忙得头晕目眩，但干得非常漂亮。谢谢豉甲先生。接下来，请负责星期四事务的毛毛虫先生上台。"

一条通体漆黑、全身长着锐利长刺的毛毛虫在地板上缓慢爬行，好不容易才爬到了台上。在它向前爬行的时候，台下断断续续地传来了一些零星的掌声。

"请注意，毛毛虫先生到了。催您上台，实在抱歉。请先喝点儿水。"

毛虫沉默，闭嘴咀嚼

嫩叶入腹，滋养黑色

六十六根，锐刺如矛

毛虫沉默，闭嘴咀嚼

"毛毛虫这小子干得真不错。"美穗身后有一位留着长胡子的绅士称赞了一句。转头一看，发现对方竟然是一只蟑螂，美穗吓得在那里缩了缩脖子。

接着，大会主持黑鲤鱼说："终于等到了负责星期五事务的黑猫先生登场。请上台，黑猫先生。"

掌声一下子变得热烈了起来。看来，这位黑猫先生很受欢迎。

一只体态优雅的黑猫轻盈地跃上了讲台。

它说："谢谢大家，一年的时间真是太短暂了。"

金色猫眼，宛若金铃

黑猫起舞，欢乐开怀

竖起尾巴，打起哈欠

皮影老虎，发威动怒

"最后一位是负责星期六事务的蝌蚪先生。其实，我们一早就已经请蝌蚪先生在台下等候了。那么，现在有请蝌蚪先生上台。"

黑鲤鱼用胸鳍夹着蝌蚪，将它放到了演讲台上。

　　周六水池，沸反盈天

　　蝌蚪蝌蚪，齐声合唱

　　哆来哆来，唆拉哆哆

　　哆来哆来，唆拉哆哆

"表彰仪式到此结束。接下来，按照惯例，我们将举行慈善爱心卡活动。我们的工作人员燕子将走遍会场的每一个角落，请大家怀着感恩的心，献上自己已经准备好的爱心卡。那么，我们现在就从会场的左右两侧同时开始。"

两只身穿燕尾服的燕子愉悦地踏着节奏轻快的脚步，双手捧着一顶大礼帽开始绕场一周。

美穗看见自己右手边的黑蛇局促地将一张爱心卡扔进了大礼帽。帽子里面已经堆积了十多张卡片。这些卡片都是同样的形状，尺寸和电话卡差不多。大概几位观众中就有一位捐献这种爱心卡，剩下的都是一副与我无关的表情。美穗也摆出了同样的姿态。

最后，两只燕子结束绕场，将各自手中的大礼帽递给了台上的黑鲤鱼。

"谢谢大家。这些好心的捐赠将用来帮助那些不幸的生命。不管是慷慨解囊的爽快人，还是一毛不拔的小气鬼，我都要向诸位致以深深的谢意。接下来，我们将更换房间，进行本年度的干部选举。请大家移步秘密会议室。"

于是，观众们乱哄哄地移动了起来。美穗也跟着走出了这个宽敞的会场。

周围那些黑色家伙，体形有大有小；有的长着翅膀，也有的长着角；有的长着鳞片，也有的留着长胡子；另外，还有六条腿的。可以说是形态各异。它们疾速飞奔，就像被一阵风卷走了似的，眨眼间都没了踪影。

"慢着！请等一下！"

可惜为时已晚，美穗被孤零零地留在了原地。刚才还闪烁着耀眼的黄色灯光的大厅，此时已经变得寂静无声，一片漆黑。美穗拼命地睁大双眼，发现前方隐隐约约地出现了一个白色的半圆形亮光处。

她想，那个就是入口吧。

一阵不安感顿时涌上了心头。美穗一边双手摸索着左右两侧冰冷的石墙，一边向前走去。

这时，那个白色的半圆突然下移到了另一个位置。

美穗心想，好像不对，坑道的入口是长方形的，不是半圆形的。

她忽然感到有些害怕，忍不住大声喊了一句："彰子！"

声音产生了巨大的回响。

美穗"哇"的一声哭了出来。就在这个时候，她一脚踩空，"咣当"一声，跌入了另一个世界。

原本靠着彰子膝盖的美穗一下滑到地上，差点儿摔了一嘴泥。此时，彰子正微微地张着嘴巴，睡得十分安稳。

还好这只是一个梦，美穗心想。

她松了一口气。当她正准备把脱下来的白色毛线衣披在彰子身上的时候，彰子"啪"地睁开了双眼。

"小……小美穗?"

"嗯。"

"雨停了吗?"

周围似乎有些安静。

"是不是有点儿亮?"

那个原本只在闪电出现时才能看见坑道入口，现在却隐约可见。

"是不是快到早上了?"

彰子看了眼手表，说："现在是四点四十五分。"

"四点?"

"不对吗？啊！是九点二十五分。"

"彰子，我做了一个怪梦。"

"如果是噩梦的话，就不要讲了。"彰子说。

看着依旧昏昏欲睡的彰子，美穗咽下了后面的话。

"让我趴在你的膝盖上睡一会儿吧。"

或许是彰子的体温给美穗带来了一种安全感，很快，她便再次进入了梦乡。

7.

蜡笔王国的黑色银行

"……"

美穗被摇晃得一下子跳了起来。

彰子压低声音，和美穗咬着耳朵说："刚刚，有东西进来了。"

"什么东西进来了？"

"不知道是什么东西，但是有东西进来了。"

美穗的心一下子悬了起来。

"什么也没有啊。"

"现在是没有了。不过，刚刚还在。"

"不是风吗？"

"不是风。"

"嗯，我做了一个怪梦……"

"啊，你看，"彰子轻轻地叫了一声，"那个闪闪发光的东西，我一直都盯着。那个像是动物的眼睛……"

在一片黑暗之中，美穗聚精会神地盯着前方。

在这条漆黑的坑道深处，确实有一个孤零零的光点，看上去像是水滴的反射光，纹丝不动。不过，那个光点时强时弱，有时候甚至还会消失不见。

"那不是萤……萤火虫吗？"

"颜色不对。"

"可能是某个罕见品种，叫什么……什么萤火虫的那种。或者，是那种会发光的苔藓？"

美穗有一种莫名的直觉，那很像某种大型动物的一部分，比如，熊的眼睛。

"我去确认一下。"

美穗慢慢地向光点靠近。她伸出手指触摸了一下。什么也没有发生。于是，她放心地抓起了光点，发现那竟然是一张卡片。

"彰子，这是一张电话卡。"

美穗刚说完便全身打了个寒战。她感到一阵恐慌，仿佛被拉回了梦境之中。这张卡和那个一模一样——那些黑色的野兽和小虫子往身穿燕尾服的燕子端着的大礼帽里扔的慈善爱心卡。

"卡上是涂了发光颜料吗？"彰子问。

美穗没有回答。她只是沉默着将卡片递给了彰子。

"这个光的颜色真是奇妙得很。一开始，我以为是白色。接着，又觉得是银色。不过，似乎是黑色。这个黑色亮得让人感觉它像是白色的。这么想来想去，最后是黑是白都分不清了。一想到这不是属于这个世界的颜色，我的汗毛都竖起来了。啊！"彰子大叫了一

声，"小美穗，你看，有什么东西在动。卡上的图案就像波纹一样在移动。"

两人死死地盯住了卡片。

卡片上正在不断地变化出一些奇异的花纹。

像白云，似黑烟，又如同银色湖面上不断往外扩散的波纹，或是大风吹过无数深色树叶时的光影翻卷……

在这张卡片的世界里，一些不可思议的变化正在接二连三地发生。

"你不觉得，这像……像水吗？"

彰子正说着，卡面上忽然浮现出了一个圆圈。

这个圆圈就像有呼吸一样，正在有节奏地出现、消失……

美穗的脑海中慢慢地浮现出了那张隐藏在圆圈背后的脸。是黑鲤鱼！是梦中那条站在台上做主持的大鲤鱼。这个圆圈不就是鲤鱼贴着水面用嘴呼吸时产生的波纹吗？

"是鲤鱼。"几乎在同一时间，彰子也意识到这一点。

"小美穗，这是爷爷的神森鲤鱼池里的鲤鱼。我认识这条鲤鱼，小美穗，"彰子的语气中透露出一股难以抑制的兴奋，"我曾经以为，爷爷只是一个普普通通的好爷爷，后来，爷爷带我去了神森的鲤鱼池。那儿让我大吃一惊。当爷爷走近池子时，听见了脚步声的几百条鲤鱼全都将嘴露出水面，在那里一张一合。我以为它们是想要吃的，但其实不是。鲤鱼和爷爷都想见见对方，就像父子那样。和狗远远地看见主人后，会晃着尾巴飞奔过来是同一个道理。"

"对，爷爷说过，鲤鱼们是想和他说话。神森鲤鱼池里的那些鲤鱼的脸，爷爷好像全都认得。"

"最近，我似乎也得到了鲤鱼的认可。当我靠近池边时，也会有鲤鱼游过来。然后，我就会把食指像这样……"

当鲤鱼的嘴巴出现在卡面时，彰子把食指伸进了鱼的嘴巴里。

一股不同寻常的力量像电流似的窜进了彰子的身体里。她不顾一切地紧紧抓住了美穗。

两人瞬间感到自己变成了一个球形，一下子跌进了黑洞之中。

当狠狠地呼出一口气之后，她们发现自己已经站在了一架通往地下的电动扶梯上。

此时，美穗和彰子都还保持着紧紧挽着对方手臂的姿势。

下了电梯，面前出现了一家装着玻璃门的事务所。

蜡笔王国黑色银行 101 分行

两人刚看明白这家银行的名字，玻璃门便已经向左右两侧自动打开了。

"欢迎光临，"柜台前的一名银行员工抬起头，朝两人点了点头说，"这边请。"

虽然说话的银行员工戴着一副眼镜，但它不就是一支黑色蜡笔吗？一张黑漆漆的长脸，看着还很年轻，和它身上那件灰白细竖条纹衬衫很般配。

"请问，两位带卡过来了吗？"

身为银行员工的黑色蜡笔一脸微笑，用一种男性的声音向不知所措的美穗和彰子问道。

"卡？对了，刚才那张卡。"

　　彰子戳了戳美穗，然后把美穗拽在手里的黑卡放到了柜台上。

　　"嗯，这是我们捡到的。"彰子说。

　　"好的，让我看看。"

　　黑色蜡笔将卡翻来覆去地看了好几遍，似乎还有些疑惑。于是，它便朝着里侧的一张桌子走了过去。那里背对大家坐着一支上了年纪的黑色蜡笔。虽然它拦腰截断的两段身体已经被重新拼接在一起，但脊椎骨明显出现了错位。

当两支黑色蜡笔商量的时候，那支年轻的蜡笔一直在那里频频点头示意。很快，它就回到了柜台前。

"这是此次黑色大会新发行的慈善幸运卡。这张卡里有一百黑的存款。"

"可这是我们捡到的。"美穗插了一句。

"因为这是一张幸运卡，所以，谁捡到了就归谁。"

"这是存折吗？"彰子振奋地问，这名银行员工的态度似乎唤起了彰子心中那种日常的、熟悉的亲切感，"存款金额是一百……"

"黑。"黑色蜡笔回答。

"现在能取出来吗？"彰子问。

"当然可以。"

"一黑等于多少钱？现在能取一黑出来吗？"

"好的。请问，您想取什么？"

"什么'什么'？"

"是这样的。一黑大概可以取出类似一只小猫的东西。如果是蚂蚁的话，可以取五万只。"

"原来如此。也就是说，取出来的是活着的东西，对吧？"彰子边说边露出一副了然于心的表情。

"不是。也可以取乌云啊黑夜之类的东西。"

"也就是说，只要是黑色的东西，什么都可以取，对吧！"美穗忍不住喊了出来。

"是的，因为这里是黑色银行。如果客人说'我想取苹果'，那我们就办不到了，"黑色蜡笔用一种理所当然的语气说道，"请两位仔细考虑一下自己需要的东西。"

"那个，蒸汽机车怎么样？乘上它，马上就能飞奔到爷爷那里了。"

"必须是自然界里存在的东西，因为这里是蜡笔王国。"这名银行员工一边说，一边重新回到了自己的工作岗位上。

"小美穗，马比较好，马呀！有了马之后，我们就不用走路了。黑马，那个，马可以取出来的吧？"

"一匹马吗?"对方似乎有点儿不太愿意继续招呼这对无知的客人了,"虽然可以,但您想用多久时间呢?"

"什么'多久时间'?"

"就是使用这匹马的时间呀。如果要用一天的话,一百黑可能还不够。"

"那三十黑的话,可以骑一个小时吗?"

"您要骑这匹马吗?"

黑色蜡笔再次站了起来,去找坐在里侧桌子前的那支蜡笔商量了。这次,这支身为分行行长的老蜡笔步履艰难地慢慢走了过来。

"可以骑的马必须强劲有力,所以它的黑色要更深、更浓才行。这样的话,三十黑只能维持十五分钟左右的骑马时间。"

"'只能维持'是什么意思?到时间后,马会死掉吗?"

"马会消失不见,"身为分行行长的蜡笔解释说,

"如果只是一匹宠物马的话，可以让它的颜色变得更淡，或者将体形缩小，即使只有三十黑，也能想方设法让它维持一天的时间。方法有很多。比如，将马拉伸变薄，削弱力量来保证使用的时长，或者缩小体形来节省开支。但是，用来骑乘的马匹，无论是力量还是体形，都无法降低太多。"

"有道理。毕竟是两个人一起骑的。"彰子嘀咕了一句。

"请问，这匹马要跑几公里的路？"

"剩下的路还有十公里左右，对吧？小美穗。"

"对。如果能跑十公里的话，应该能到吧。因为我们要去的是绿泽。对了，行长，这里到绿泽，应该还有十公里左右的路程吧？"

"不清楚。你们那里和我们这里的地名不一样。"分行行长摇了摇头说。

"十公里就可以了。"彰子坚定地说。

"两个人一起骑，十公里。是这样，没错吧？那我们就按照十五分钟的使用时间来计算了。喂，你计算一下时速。"

分行行长给那支年轻的黑色蜡笔下了一道工作命令。年轻的蜡笔按了一下计算器，说："时速大概是四十公里。"

"行吧，多少钱？"

年轻的黑色蜡笔再次按下了计算器，问道："要花费四十黑。没问题吗？"

"没问题，"彰子回答，"可以吧，小美穗？"

"可以。"

然后，美穗问那支上了年纪的蜡笔："也就是说，这匹马不是真的马，对吧？"

"什么？"

"时间到了之后，这匹马会消失，对吧？"

"是的。但是，就算是真的东西，时间到了之后也会消失的，不是吗？"这支腰椎骨错位的黑色蜡笔微笑着说，"就说你吧，最后也会消失不见的，哪怕你现在看上去如此年轻貌美。"

"归根结底，这张黑色银行卡是根据里面存额的多少来提取相应的黑色物品，对吧？"彰子再次进行了确认。

"没错。第一，通过使用这张卡，可以制造出客人需要的黑色物品。当然，根据付款额度不同，这个物品消失的时间也会不一样。不过，就算使用时间再长，也不可能维持好几天。这是时限的问题。第二，如果客人想要让已经存在的黑色物品变得更黑，那么也可以使用这本存折。当然，这也存在一个时限的问题。"

"这是什么意思呢？"美穗问。

"比如，虽然小姐你的秀发已经足够靓丽了，但也能使用这本存折来让它变得更黑或更长。"

"我的头发有分叉。"美穗说。

"分叉？嗯？"分行行长无法理解美穗话中的意思，反问道，"头发有分叉比较好吗？"

"头发出现分叉当然不好啦。"

"什么?"

"那睫毛什么的也可以变长吗?"

"当然可以。不过,两位小姐应该没有这个需求,不是吗?"

"可以把这个功能送给别人使用吗?"彰子问。因为她妈妈最近正在为白头发烦恼。

"这很简单。只要把那个液体涂抹在需要的地方就可以了,和药剂一样。"

"小美穗,我们顺便把这部分的钱也取出来吧?"

"好。"

"那就用五黑来换一支一百毫升的软管怎么样?"分行行长提了个建议,"黑色原液药效很强,没必要多用。我反而要提醒二位,不要多涂。"

"啊,还有一件事,"那支年轻的蜡笔问两人,"这张卡的户名,是两位小姐共同署名吗?"

"是的,日夏美穗和月崎彰子。"彰子回答。

"请稍等片刻。"

"彰子，你肚子不饿吗？"美穗忽然想到了什么，"要不我们问问，这张卡能不能取一些吃的东西出来？"

"好，"彰子点了点头，"请问，这个不能取食物出来吗？"

"食物吗？海苔可以吗？还有墨鱼汁什么的。"

"它说有海苔和墨鱼汁。"彰子皱起了眉头。

"你们肚子饿了吗？"身为分行行长的黑色蜡笔问。

"我们已经饿得前胸贴后背了。"

于是，分行行长打开自己的桌子抽屉，在里面"嘎吱嘎吱"地找了一会儿。然后，它说："如果不嫌弃的话，请吃吧。"

"咦？是荞麦馒头。"

美穗忍不住喊了出来。那支正在柜台窗口前的年轻蜡笔听到后，立刻愤愤不平地说："行长！您什么时候打开我的桌子抽屉拿走了荞麦馒头？所以说，就是不能给倚老卖老的任何人可乘之机。"

"看来无论哪个世界都是一个样呢。"彰子自言自语了一句。

荞麦馒头一人一个，一下子就填进了两人空荡荡的肚子里。胃里那些香甜诱人的小气泡开始一个接一个地不断涌上喉咙。

"真好吃。啊——真的是好吃死了。"

"已经没有了。"年轻的蜡笔绷着脸说。

接着，它又喊了一声"日夏美穗小姐，月崎彰子小姐"，并将黑色卡片还给了两人。

"这是黑色原液。"

彰子拿到了一小支软管。这和美穗放在运动包里的那支驱蚊止痒药膏一模一样。

她稍稍打开盖子，看了一眼："好像是透明的。"

"涂抹在物体上后，它马上就会变成黑色的。"

"啊，你把幸运卡的抽奖功能也跟两位客人解释一下。"从里侧传来了分行行长的嘱咐声。

"哦，对了，这张幸运卡附带抽奖功能。一等奖是3.5克拉的黑钻，有一个获奖名额。"

"不错呢。"彰子说。

"万一中奖了，怎么办？"美穗问，"这可没法像荞麦馒头那样一分为二哦。"

"用榔头敲成两半。"彰子回答。

"什么时候抽奖？"

"好像是明天，或者后天。"

年轻的蜡笔一边说，一边望向分行行长。不过，对方似乎也不太清楚，于是便佯装自己什么也没听见。

"碰到不好回答的问题时，就会变成那个样子，装作自己没听见。"年轻的蜡笔发了一句牢骚。

"和我们行长一样。"彰子同情地说。

"二等奖是一只会说超过三千个词的九官鸟，也是只有一个获奖名额。"

"这个也没法一人一半呢。"

"除非把它做成菜吃掉。"

"三等奖是恐龙的骨头，还是一个获奖名额。"

"什么？恐龙的骨头！"美穗吓得缩了缩脖子，

"万一中奖了，就让给彰子吧。"

这时，分行行长慢悠悠地靠了过来，说："如果你们告诉其他人任何与这张卡有关的事情，卡就会失效。请务必牢记这一点。"

"您是说，这张卡是一个秘密吗？"

"是的，"分行行长点了点头，然后指着刚才两人进来的那扇玻璃门左侧的另一扇门说，"请从那个出口出去。"

"请问，我们的钱……马呢？"彰子问。

"马已经在外面等候了。"

"嘶——"

此时，门外传来了一声马的嘶鸣声。

"谢谢您请我们吃荞麦馒头。"

说完，彰子便握紧美穗的手，用力推开了那扇门。

如墨般漆黑浓稠的夜色一下子笼罩在两人的脸上。身后那家银行的灯光已经消失了。

手臂和脸都能感受到夏季夜晚那种凉飕飕的潮湿

空气。

这里是以前那个金矿山的坑道入口，就是刚才两人依偎着睡觉的地方。

蜡笔王国的黑色银行已经如一场幻影般消失得无影无踪。

不过，彰子此刻手里正拿着一支装有黑色原液的软管，美穗的手中则是那张还留有一半以上存款的黑色银行卡。

"马？马在哪儿？我们找找。"

两人将脸探出坑道外。

"找到了。"

一匹黑马正在那里安静地踢着前蹄。它紧紧地盯着两人，满脸写着"我都等你们好久了"。

雨停了。

星光勾勒出树木模糊的轮廓。经过雨水洗礼的泥土和新叶散发出充满活力的清香。

"来吧，让我们出发去解救爷爷！"

"夺回我的车，抓住罪犯。"

"那我们就来挑战一下骑马吧。"

彰子望向了美穗。她握着那支装有黑色原液的软管，无法跳上那么高的马背。

"交给我。我的衣服有口袋，卡也放在里面了。"美穗说。

美穗率先爬上马背。然后，她拉着彰子的手把彰子拽了上来。

两人都没有感到害怕。她们已经进入了一种浑然忘我的状态。

"我们骑上来了，骑上来了。"

"一般骑马不都是有缰绳和马鞍的吗？"

骑在这匹裸背的马上，两人都显得有些惊慌。不过，马儿此时已经自顾自地走了起来。

"这匹马，没问题吧？"

"好像没问题。它似乎认得路。"

8. 牛肉火锅的诱惑

美穗用胳膊紧紧地抱住黑马的脖颈。彰子的双手搂住了美穗的腰。

藤绣球、铁线莲、圆锥铁线莲这些蔓草缠绕着其他灌木，让人难以通行。每当遇到这样的树丛时，马儿就会摇头晃脑地想要甩开这些枝蔓。但在美穗看来，仿佛是马儿在试图甩开自己环在马脖子上的胳膊，这大概让它感到很难受。

"这匹马好像是个暴脾气。"美穗说。

"对不起啊，我们是第一次骑马，所以骑得不好哦。"彰子向马儿道歉。

此时正是上坡路，马儿跑得气喘吁吁。这种"呼哧呼哧"的喘气声，听起来就像是马儿在开口说话。

"彰子，这种时候用一个成语来形容是怎么说的？

就像是魂飞魄……"

"魂魄都还在啦。"彰子回答。

"对,魂魄都在。"

"小美穗,语言这种东西,不能生搬硬套,要学会灵活运用呀。"

"知道啦,知道啦。"

"我的干劲儿上来了!"彰子大声地喊了起来,"干劲儿足,不服输,樱花树,哦哦!最后再来一次,樱花树,哦哦!"

"你喊的是什么呀?"

"这是我们第六银行的员工在打气时喊的加油口号。每天早上,早会结束后,我们都会喊这个。"

"你再喊一次。"

"干劲儿足,不服输,樱花树,哦哦!最后再来一次,樱花树,哦哦!"

"为什么是樱花树呢?"

"因为我们银行的徽章,也就是银行的标志,是一个樱花图案。"

"哦——你们那个行长也会喊吗？"

"当然。"

"还有一个人呢？"

"小光吗？会啊，当然会喊。哎呀，小美穗，你往前坐一点儿，我感觉自己都快滑到马屁股上去了。"

此时，她们已经抵达山顶。马儿走起了下坡路。这么一来，彰子压着美穗的背，迫使美穗的身体不断地往前挪动。

"不要推啦，彰子。我感觉自己已经坐到马脖子上了呀。"

"因为马的身体在往前倾，我也没办法呀。"

"我都说了，不要推啦。"

"我什么也没做啊。"

"这要是掉下去了，我可不管哦。"

路面终于变平坦了，马儿也放慢了脚步。

突然，两人"扑通"一声摔到了地上。

"我就说嘛。"

"你怎么这么不当心呀。"

两人在一条宽敞大道的正中间站了起来。她们环顾了一下四周。

哪里都没有马儿的身影。马儿消失了。

头顶上方飘浮着稀薄的云朵，其中有一处正闪着白色的光芒。

"月亮好像在那里。"

"这里是哪儿呢？"

"啾啾啾，啾啾啾。"耳边响起了夜鹰富有节奏感的叫声。

"我们估算的十公里好像有点儿不对啊，"彰子说，"我们在哪里呢？"

"不过，我觉得这里很神秘，"美穗说，"满鼻子都是树叶的气味。听，小虫子在'吱吱吱'地叫。你闻，还有麻栎树液的气味。锹形虫和日铜罗花金龟正在享受晚餐。有一家叫作'麻栎亭'的餐厅，全身绿色的大厨正在四处倒着葡萄酒。独角仙在哼着歌儿。醉醺醺的胡蜂正满脸通红地切着牛排。空中挂着一轮蜜色的月亮。"

"小美穗，我们无冤无仇，你为什么要来刺激我的胃？"

"对了，彰子，要不我们也想一个加油口号吧？"

"带'哦哦'的那种？"

"嗯。我想鼓足了劲儿再上路嘛。接下来才是真正的考验呢。"

"也对哦。咦？这里已经是车道了呢。"彰子突然叫了起来。

不知不觉，两人已经穿出那条近道，走上了车道。位于绿泽入口处的那座水晶桥就在眼前。从这里到爷爷家，只剩下一公里左右的路程。

"胆大鬼，可爱鬼……"美穗正在思考加油口号的内容。

彰子顺势接了一句："啰唆鬼。"

"'胆大鬼，可爱鬼，啰唆鬼，哦哦。'不行。这个喊起来没有气势，彰子。"

　　"那个，冒失鬼怎么样？'胆大鬼，可爱鬼，冒失鬼，哦哦。'"

　　"好。这个感觉不错呢。'胆大鬼，可爱鬼，冒失鬼，哦哦。最后再来一次，冒失鬼，哦哦。'这个可行。"

　　月亮终于露出了脸蛋。因为月亮周围的云雾消散了，所以那里看上去就像一个蓝黑色的井底。月亮很圆，宛如农历十五的满月或农历十六晚上的圆月。

　　爷爷种的玉米已经开始抽穗了。

　　"啊，有人！"美穗大吃一惊。

　　"那是稻草人。"彰子说。

　　"可是，那个就像真人一样。"

　　"对吧？那其实是个假人。有一个绿泽以前的住户，现在在大阪经营欧美服饰品店，他觉得爷爷独自一人肯定会很寂寞，竟然从自家的商店橱窗里拿了七八个假人模特过来。这些模特还都穿着西服，戴着帽子。那个人说，把这些假人模特放在田里当稻草人，爷爷就不会感到寂寞了。不过，把这些往地里一放，反倒让人觉得心里瘆（shèn）得慌。它们还套着黑色蕾丝手套，摆着姿势。最后，这些假人模特就被收进仓库里了。只剩下这一个还留在这里。因为爷爷说，如果那人来了之后，看不到田里的假人模特，就对不住人家。这很像爷爷的作风呢。但是，这个完全不像是稻草人嘛。对吧。"

"还真有这种想法古怪的人呢。"

路边有一条沟渠，里面是汩汩流动的河水。

两人穿过一排无人居住的宅子，远远地便能望见爷爷家的灯光。

"等一下，现在几点了？"

"离十一点还差五分。"

"唉，唉，你没闻到什么味道吗？"美穗用力地吸了吸鼻子。

"啊，是牛肉火锅的香味，"彰子两眼发光地说，"看到我的车了。"

路上停着一辆白色的小汽车，正是彰子的那辆。从这里再往前走三百米左右，然后，转进一条田间小道，眼前便有一座被罗汉松和山茶花的绿篱围绕的房子。那就是爷爷的家。

"呱呱呱。"

"呱呱呱。"

青蛙压低了声音，正在你一句我一句地对叫着。

"你觉得，松阪牛肉还有吗?"彰子问。

"难说，说不定只剩下大葱了。"

"不会吧，至少会把魔芋丝给我们留下吧。"

"比起这个，爷爷现在的处境才是一个大问题。"

两人蹑手蹑脚地踏上小道，进入了玉米地。穿过这片玉米地，就能抵达那排环绕房子地基的长方形绿篱。

"我们在玩作战游戏呢，彰子。"

"小心，不要被玉米叶割伤了手。"

在美穗上小学之前，这座房子的屋顶还是用茅草盖的。虽然现在换成了瓦片，但是除了这个屋顶之外，其他部分都还保留着一百年前的模样。爷爷就是在这个房子里出生的。

当两人穿过玉米地来到那道绿篱下时，她们听到里面传来了爷爷中气十足的声音："你们真是遇到了不得了的事情啊！"

两人不由得会心一笑。看来这两个坏蛋目前还在老老实实地扮演着游客的角色。

牛肉火锅的味道实在是香得让人难以忍受。

"我的牛肉要变少了。我现在简直就是热锅上的蚂蚁。"美穗急得直跺脚。

"给我安静一点儿，你这头小野猪。不要因为诱饵失去了理智。小美穗，我要先把我的车夺回来。"

于是，两人重新进入玉米地，沿着一条斜线回到了汽车停放的道路。

遗憾的是，车子果然被锁上了。

"没有备用钥匙吗？"

"有是有啦。"

"那你快点儿开车门，我们坐进去呀。"

"有是有啦，不过在家里。"

"这不就是没有的意思吗？"

两人徒劳无功地绕着车子走了两三圈。

"他们也无法在下雨天开车，所以中途停过车。也就是说，他们不久前才抵达这里。牛肉火锅才刚刚开吃。"

"如果我们现在进去的话，敌人不就只能暴露真面目了吗？"

"我也在想这个。我不想让爷爷遇到危险……如果我们现在不进去的话，他们可能仍然装作是两个普通的游客，然后明天一早乖乖地回去。"

"这样的话，车子就被他们抢走了。"

"如果我们夺回车子，那他们就没法回去，只能留在这里了。"

"彰子，首先，我们再不抓紧行动，松阪牛肉可就要没啦！"

"总之，先管车子。车上没有什么地方是开着的吗？"

"后座的车窗留着一厘米左右的缝隙。"

彰子把食指伸了进去。这个缝隙只够一根手指伸入。但是，即便手指进去了，也无法打开车门。

"用木棒什么的插进去也没有用吗？"

"小美穗，把银行卡借我一下，"彰子说，"我要再去一趟黑色银行。"

那张黑色的卡片依然闪烁着奇异的光泽。两人盯着银行卡，只见卡面出现了一圈圈的涟漪，一张圆形的鲤鱼嘴浮现在眼前。

"小美穗，你也抓紧。"

彰子把食指伸进黑鲤鱼的嘴里。两人的眼前立刻出现了那座正在往下走的电动扶梯。

"欢迎光临。"刚才那支年轻的黑色蜡笔用刚才同样的语气，向两人打了一声招呼。

"我想取一黑的蚂蚁。不，要三黑的量。"

"您要取这么多吗？"

"请快一点儿。因为我们正饿着肚子呢。"

黑色蜡笔一听，便笑了起来："二位总是空着肚子来。"

"我们真的很着急，需要争分夺秒。现在可是关键时刻，直接决定了剩下来的是牛肉或魔芋丝，还是只有大葱了。"

"那可真是事态紧急，"身为银行员工的黑色蜡笔从里屋拎来了一个圆鼓鼓的黑色垃圾袋，说道，"谢谢惠顾。这是二位的卡。"

两人像上次那样从左侧那扇门冲了出去。

眼前是那条停放着彰子的白色小汽车的道路。飘荡在原野上的牛肉火锅的诱人香味，变得比之前更加浓郁了。

"彰子，你买这么多蚂蚁准备干什么呀？"

"总之，我要通过这个车窗的缝隙，把这些蚂蚁倒进车子里。"

"为什么？"

"因为那两个家伙说不定吃完饭后，就会马上启程回去啊。"

"原来如此。把车子泡在蚂蚁堆里，他们就没法用了。"

当美穗还在赞叹这个妙招时，彰子已经把蚂蚁通过车窗的缝隙倒进车子里去了。

"但是，这么一来，彰子你也没法用这辆车了呀。"

"是的，在蚂蚁消失之前。没事，我反正不急着用车。"

"总之，现在车子是逃不掉了。接下来，我们该怎么办？"

"车子已经夺回来了。接下来，我们要夺回牛肉，趁现在还来得及。"彰子说。

"我们要进屋吗？从正门进去？"

"那当然啰。我们来的可是爷爷家。"

"光明正大地？"

"对，我们就是要摆出一副完全不认识他们的表情走进去。那两人心里肯定很害怕。他们不会想到，我们能在这个时间点走完那条路。他们不会突然拔枪就射的。还有，小美穗，你难道不想给爷爷一个惊喜吗？"

"对哦。"

"和去年这个时候相比，现在的爷爷精神头没了，脸色也不好了。不过，只要告诉爷爷那两人是小偷，为人正直的爷爷肯定会气得想要抓住他们。但是，万一被射中了，那可不得了啊。爷爷要是有个三长两短的话，绿泽马上就会被沉入水底的。"

"是的。"

"所以，这件事很棘手啊。我既不想告诉爷爷那两人是小偷，又必须夺回我的车子和牛肉。也就是说，我们要缠住对方，在保证爷爷安全的同时，将他们一网打尽！我希望能做到这一点。"

"那我们目前要监视对方？"

"对。"

"彰子，你可真了不起啊！好的，就这么定了。我们要不要喊一下'胆大鬼，可爱鬼，冒失鬼，哦哦'？"

"听好了，小美穗，我们不能过分刺激对方。他们要是脑子一热，就会给我们'砰'的来一枪哦。你就假装没事似的打一声招呼。'晚上好，爷爷，我是美穗。'就用这种语气开开心心地说。'啊！有牛肉火锅，我真是走运，太棒了！'就这个样子。"

"没问题吧？"

"如果有危险，我们就带着爷爷逃到蜡笔王国的黑色银行里去。对吧，那是我们手里的最后一张王牌。"

"原来如此。"

"有精神了吗？"

"嗯。"

"那我们现在就火力全开啦！'胆大鬼，可爱鬼，冒失鬼，哦哦。'"

"'最后再来一次，冒失鬼，哦哦。'"

美穗和彰子有说有笑地走进了那个被罗汉松绿篱包围着的前院。她们经过水泵井，拉开玄关那扇花梣木门时，发出了一道"嘎啦嘎啦"的声响。两人看着眼前一男一女的两双脏鞋子，一起响亮地喊了出来："晚上好，爷爷。""我是彰子，爷爷。"

9. 重逢

"哎呀，哎呀。"

一盏四十瓦的橙色电灯泡，将亮堂堂的灯光照在两位站立的少女身上。爷爷一看到彰子和美穗，嘴角便扬起了微笑。

"哎呀，哎呀呀，"对爷爷来说，这已经是他用尽全力在表达自己惊讶的心情了，"因为雨下得太大了，我还以为你们今天来不了了。快，请进，请进。"

"我们赶上牛肉火锅了吗？"美穗问。

"哈哈，肚子饿了吧？刚好家里来了稀客。"

爷爷一边说，一边带着两人穿过供奉着神灵位牌的隔壁房间，一起走到那个与厨房之间用土间①相连的地炉前。

两个小偷正瞪着眼睛，并排坐在那里。

挂在吊钩上的铁锅"咕嘟咕嘟"地冒着诱人的热气。

"小美穗，我们赶上吃肉啦。"

彰子故意无视那两个先到的客人。美穗虽然嘴角含笑，却吊着眼梢，脸色苍白。

那个男人一边重新盘腿坐好，一边从屁股后面抓过手枪放到了膝盖上。

① 传统日式住宅中可以穿着鞋子活动的区域。

136

"咦？爷爷，这两位是谁呀？"彰子问。此刻，她也是面部表情僵硬，嘴唇发抖。

"他们是刑警，"爷爷笑着介绍说，"因为有凶恶的银行劫匪逃窜到这一带了，所以他们要在这里埋伏一个晚上，还送给我这么贵重的牛肉。"

"哎呀，哎呀，"彰子模仿爷爷的口吻说，"哎呀呀，这倒是头一回听说。喂，小美穗，这两位是刑警呢。"

"请问，两位刑警怎么称呼？"美穗鼓起勇气，盯着那个鼻子长得像雕鹗的秃头男问。

这时，爷爷从一旁插了进来："他们的名字啊，特别适合他们这个职业，真是令人钦佩。松野星夫，对吧，有等星星的意思。这位女刑警叫松野季实，有办案及时的意思，没错吧？"

"哇，在取名字方面倒是很有讲究呢。"

彰子一边说，一边目不转睛地直视那个女人。

女小偷此刻已经换上了爷爷给的浴衣。藏青色的

浴衣上有白色牵牛花的图案，腰间配上一条黄色的腰带。这一身是美穗去年放暑假时在这里穿过的。

女人摘掉太阳眼镜后，两只小眼睛显得有些滑稽。现在，她正瞪大了双眼，不知道该如何是好。

"小美穗，你知道为什么很多日本人都会戴眼镜吗？"彰子突然改变了话题，"是那个小光从眼镜店里听来的，说是很多日本人的脸要戴上眼镜后才显得好看呢！"

"哦——"

"有理有据，不是吗？"

女人一听，立刻气得咬紧了嘴唇。

"总之，我们要吃牛肉火锅了。在吃之前，让我们先活力十足地来一下吧。"彰子用眼神示意美穗。两人一起喊了起来："胆大鬼，可爱鬼，冒失鬼，哦哦。"

两个假刑警慌了手脚，抬起屁股准备站起来。

彰子二人举起拳头，再次异口同声地喊道："最后再来一次，冒失鬼，哦哦。"

“她们这是喝醉了吗？”

“松野星夫”在那里嘀咕了一声，他已经被这加油口号声吓得屏住了呼吸。

“爷爷，这把手枪看起来像是一把玩具枪，但其实是真枪哦。”美穗快速地说了一句。

“我说，刑警先生，吃牛肉火锅需要拿着手枪吗？”彰子目光炯炯地盯着对方，“能把这枪收起来吗？”

“哎呀，真是失礼了。小姐，你们是坐车来到这里的吗？”回过神来的坏蛋开始试探彰子。

“我们总不可能是走着过来的吧。有三十五公里的路呢。”

“就是说嘛。”

说完，男人便用手肘顶了顶女人的胳膊。很快，女人就假装没事似的站了起来，看样子是要去上厕所。

两个坏蛋心里同时生出了一个疑惑：如果这两个少女在那条山路上碰到了车子，那就说明还有一个开车的人。肯定是这个人正躲在附近的某个角落，所以这对姐妹才会突然变得这么古怪。总之，为了应对新变化，他们必须先检查一下房子四周。

女人离开座位后，悄悄地拉开了玄关的大门。她这是要去确认停放在远处的车子的情况。彰子和美穗都意识到了这件事。

"那位女刑警好像去外面看守了哦，"彰子问"松野星夫"，"你不去看守也没关系吗？"

"我看守的是其他方向。"

"就是嘛。这个人光顾着看守锅里的牛肉了，"美穗对他说的话一笑了之，"彰子，继续吃嘛。我们如果不好意思吃的话，那不是很奇怪吗？对吧？刑警先生，很奇怪吧？"

小偷神情不悦地斜着眼看了看美穗，咂了一下嘴。

"什么很奇怪？"爷爷一边张罗着两人份的饭碗、小碟子和生鸡蛋，一边问。

"就是这两位请我们吃肉的事呀，"彰子麻利地回了一句，接着便问，"爷爷，他们睡哪个房间啊？"

男人一听，立刻有些焦躁地拒绝道："不了，不了，请别客气。当家的，我们两个再过一会儿就要在这一带好好巡逻一番。如果没有发现危险的话，那我们就告辞了。"

"可是，开夜车难道不危险吗？尤其是对一个新手来说。"彰子穷追不舍地问。

"这两位可是刑警，对开车肯定是有信心的吧。"爷爷说。

男人一脸亲切地解释说："追捕那些逃窜起来不要命的家伙，本来就是我们的工作嘛。"

"就算不要命，如果车开得不好，那也是会掉下山崖的哦，"美穗拿起一个鸡蛋说，"我们家政课的老师说，打鸡蛋的时候，不能把鸡蛋敲在桌角上，而是应该放在平面上敲，这样蛋壳就不会进到蛋液里。我以前试过，不但没把蛋壳敲破，反而把蛋壳捏碎了，蛋液都流出来了。"

"那我来试试。"

彰子把鸡蛋敲在地炉旁边的木板正中央。

"是吧，敲不破吧。"

"这个蛋跟那些一抓就破的养鸡场的蛋可不一样。"
爷爷骄傲地说。

"破了。"

"蛋壳没掉进去吗?"

"没有。"

"我要敲在边角上，"美穗用铁锅边把鸡蛋敲破了，
接着，她突然问了一句，"爷爷，洗澡水热好了吗?"

看着已经长成机灵少女的美穗，爷爷心满意足地
笑着回答:"现在应该已经热到要你慢慢泡进去才行的
程度了。"

"完蛋了，我们应该在吃饭之前先去泡澡的。对
吧，彰子。"

"嗯? 啊——是的，应该在'松野季实小姐'之前
去泡澡的。"

"你们现在又在聊些什么呢?"

"不能告诉您。我们就是想泡个干净的澡而已。"

"那个人有这么臭吗?"爷爷问。

"很臭,很臭,"彰子对着表情扭曲的男人说,"很臭啊!对吧,那个人。"

"这个,工作嘛,也没办法,"男人勉为其难地回答,"有时候好几天都没法泡澡呢。"

"对了,彰子,你要先去泡澡吗?"

说完,爷爷便去检查水温了。

"喂,你们两个,闹过头了可是要吃亏的!"长得像雕鸮似的秃头男压低声音恐吓道,"我这里可还有六颗子弹!"

"爷爷,"彰子无视男人,直接喊了起来,"电话借我用一用。我想给家里打个电话。"

说完,彰子便往放电话的玄关处走去。

"咦?电话好像坏掉了。连'嘀嘀'的声音都没有。"

他们果然把电话线给切断了。虽说现在是晚上,但他们还是把车停在了远离爷爷家的地方，说明这两人的警戒心很强。

"爷爷，电话好像坏掉了。不过，明天周六，我休息，出门前也跟家里说了会留宿在爷爷家，所以这个电话不打也没关系。"

"什么？什么？你说，电话坏了？"假刑警一边说一边站了起来。

"装腔作势的家伙。"

"好像是刚刚打雷把电话线给弄坏了。只是，这个电话没法用的话，那可真是不好办哪，嗯。"

小偷准备借机逃跑。他从隔壁房间拎出那个手提箱，趿拉着自己的鞋子，突然往外走去。

"呀！啊——哇——"

伴随着一阵奇怪的尖叫声，有脚步往这边狂奔而来。男人不由得呆立在了原地。

只见披头散发的"松野季实"敞着浴衣前襟，连滚带爬地跑了过来。

"啊——我受不了了。蚂蚁、蚂蚁，全是蚂蚁。"

她全然不顾形象地在玄关解开了浴衣带子。

"我说，车子现在完全没法用啊！"女人快速地扫了一眼男人手里拎着的手提箱，没好气地说。

"好了，好了，不要在这里脱衣服，去浴室好好洗个澡就行了。"爷爷一边移开视线，一边提醒对方。

"你说，蚂蚁怎么了？"

"车子里全是蚂蚁。"

"所以，我刚才就说嘛，"美穗一脸开心地说，"想在这个人之前去洗澡。我之前就有一种不好的预感呢。是吧，彰子。"

男人歪着嘴巴，用狐疑的眼神盯着美穗，但又无计可施。

女人往浴室走去。男人提着手提箱，跟在女人身后。在水声中断的间隙，两人进行了以下这么一段对话。

"车子怎么样了？"

"车子倒没事，就是被蚂蚁大军占领了。"

"难道是因为车上有荞麦馒头的残渣？"

"那么多蚂蚁，可不是残渣能吸引过来的。啊，讨厌。头发里面也有一大堆。痒得很。虽然个头小，咬起人来却很痛。"

"哦——"

"现在它们还在浴缸的洗澡水上漂着呢。"

"你关车门了吗？"

"关了车门，蚂蚁不就出不来了吗？你在说些什么呀？"

"你是说，车门现在是开着的？"

"四扇车门全都敞开着呢。要快点儿让蚂蚁走掉。"

"车门明明是关着的，蚂蚁却从外面爬进去了。现在你把车门打开，那不是会有更多的蚂蚁爬进去吗？"

"你不要在这里跟我强词夺理。"

"这些蚂蚁究竟是从哪里爬进去的？"

"这种事情，我怎么会知道！"

"开着车门，车子就会被那个在银行上班的抢回去。"

"她去了就知道，现在谁也进不了那辆车子。"

"哦——还有其他什么奇怪的地方吗？"

"没有。"

"有没有其他人或其他车子？"

"没有啦。"

"那就是说，她们是走着过来的？"

"也不是走不过来。算算时间，离我们把她们扔在那里，已经过了六个多小时了。就算这条路有二十公里，也不是走不完啊。"

"虽然我也觉得不是走不完，但你不觉得她们太有精神了吗？"

"我也觉得。那个奇奇怪怪的口号是什么东西呀？"

"她们身上也没有被雨淋过的痕迹。这是最让人感到不可思议的地方。"

"是挺不可思议的。"

"喂，我们接下来该怎么办？"

"今晚不就只能住在这里了嘛。继续扮演刑警的角色，然后好好地睡一觉才是聪明人的做法。"

"那两个狂妄的女娃会让我们好好睡一觉吗？"

"那两个简直迟钝得像大象，完全搞不懂如今这些小年轻的脑子里都在想些什么。对付那样的笨蛋，恐吓也不管用啊。简直就是两个冒失鬼。"

"不过，换个角度想，她们来这里，对我们来说也是一件好事。"

"为什么这么说？"

"她们老老实实地这么一路走过来，不就说明她们无法联系到警察吗？"

"嗯——是吗？"

"那你说，她们能有什么联系方法呢？"

当两人还在悄悄商量的时候，美穗和彰子正忙着一个劲儿地把锅里的食物夹进嘴里。

彰子喜欢吃魔芋丝。美穗喜欢吃烤乌冬面。

爷爷正准备把亲手制作的乌冬面放进锅里。

终于，男人回到了座位上。

"请多吃些爷爷种的大葱，刑警先生。"彰子说。

"那我把乌冬面放进去啰。"

当手工制作的宽乌冬面吸饱汤汁，染上了带有光泽的浅酱油色时，女人从浴室里走了出来。她披散着洗好的头发，露着额头，看上去整张脸都变长了，脸上和脖子上都还残留着被蚂蚁叮咬和她自己挠过的痕迹。

"你的眼睛下面还有蚂蚁。"美穗说。

"啊？这里？你说这里？"女人用手指揉了揉眼睛下面，"是黑痣啦，泪痣。左右同样的位置上各有一个。"

这时，为了拿酱茄子和酱黄瓜，爷爷起身去了厨房。

"啊，对了，我的行李放哪里啦？"

说着，美穗便一下子拉开了旁边的隔门。

小偷们顿时慌了手脚。因为美穗的黑色运动包就放在那里。

女人的小眼睛立刻瞪成了三角形。男人跟她咬耳朵说："小孩子的包而已，还给她算了。"

"包括虎屋的羊羹？"

女人不满地哼了一声。此时，美穗已经用胳膊稳稳地夹着自己的行李走了过来。她拉开包的拉链，一边检查里面的物品，一边把要送给爷爷的礼物全部拿出来，放在榻榻米上。接着，她从衬衫口袋里取出那支一直记挂着的黑色原液软管，将它放进了运动包里。

"彰子，加油口号，再来一次。一、二、三，胆大鬼，可爱鬼，冒失鬼，哦哦。"

"最后再来一次，冒失鬼，哦哦。"

"美穗加入啦啦队了吗？"

从厨房里传来爷爷开心的声音。

"哪里像个可爱鬼？"长得像雕鸮似的秃头男向脸上长着泪痣的搭档抱怨道，"胆大鬼和冒失鬼，说得倒是一点儿也没错。"

笑眯了眼的爷爷高兴地端着盘子走了回来。

"已经好多年没有度过这么开心的夜晚了。来吧，这是用今天早上刚摘的茄子做的酱菜，请吃吧。因为美穗喜欢吃口味淡的酱菜。"

透着青紫色光泽的茄子和色泽绝佳的黄绿色黄瓜，正被摆放在爷爷引以为傲的古伊万里①大盘子里。比起雪花牛肉，这个酱瓜拼盘看上去更像是一件完美的艺术品。

----

① 古伊万里是日本江户时代有田地区出产的陶瓷器，具有相当高的艺术价值。

10.
半夜散步

　　"我们把爷爷夹在中间，睡成一个川字形吧，"彰子说，"好开心啊！小美穗，我一直想在这个房子里住上一晚，想在这里迎接清晨的到来。"

　　"爷爷，是不是很期待呀？彰子睡在旁边哦，"美穗开起了玩笑，"对了，彰子还没见过萤火虫呢。这会儿，正是看

153

萤火虫的时候。"

爷爷一听，眼里便闪现出了期待的光芒："我们一起去看萤火虫吧，现在还没到十二点。"

"爷爷说'还没到十二点'呢，"美穗对彰子说，"爷爷平时明明九点半就要睡觉的呢。"

"刑警同志，刑警同志，"爷爷大声地招呼两人，声音里仿佛充满了一种青春的活力，"我带你们去看萤火虫吧！那个美景可是只有这里才能看到呢。"

"远吗？"

两个小偷绷着一张脸。

"就在这附近。现在这个时候，萤火虫已经出来了。"

最后，他们也抵不过爷爷热情的坚持，硬是被拉到了屋外。

"咯咯咯，咯咯咯。"

有一群鸡蹲伏在前院，发出了一阵低声的鸣叫，仿佛是在告诉大家："我们在这里，请不要踩到我们。"

皎洁的月光照在碎层云上。天狗巢岳的黑色轮廓清晰可见。

雨后的夜风夹杂着一股凉意，吹得树叶发出"飒喇飒喇"的声响，积在树上的雨滴就像是被一把竹扫帚刮下来似的，纷纷掉落在众人身上。

"现在不是正在下雨吗？"

女人似乎不太赞成去看萤火虫。

大家走的方向刚好和彰子的车停放的位置相反。这一路通向了一片昏暗的灌木丛。

"扑棱"一声，有夜鹭振翅飞进了夜空。

"啊，刚刚有东西跳过去了，就在那里，"美穗指着另一个方向说，"有个黑色的、毛茸茸的东西跳到那边去了。"

"大概是鼯鼠，"爷爷回答，"那高处的大金松上有它的窝。"

"真是一个神秘的夜晚，"彰子说，"有一种既像风又像水的声音。"

脚下的野草湿漉漉的。这时，眼前出现了一个微微高出水面的堤坝，有水从上面滴下来。

　　爷爷爬上了堤坝。那里是一个四角形的蓄水池。

　　"哗啦，哗啦。"有鱼儿在不停地翻滚。

　　"看，鲤鱼们多高兴，多高兴啊！"

　　这里是神森的鲤鱼池。在计划建造绿泽桃源乡大自然村时，爷爷就在这个池子里养起了鲤鱼。

　　"哎呀，好大的水声，"女人大吃一惊，"水里很热吗？它们怎么蹦跳成这个样子？"

　　"它们是因为高兴才跳起来的。"爷爷在那里独自点了点头。

　　"高兴？鲤鱼吗？它们为什么高兴啊？"

　　"在这种乡下地方，养这些鲤鱼可是很好的买卖啊，"长得像雕鸮似的秃头男说，"不管是经营家庭旅馆，还是登山小屋，都能拿鲤鱼来做菜。"

　　"这些鲤鱼不是拿来吃的。"爷爷说。

　　"这样啊。"

"这么多鲤鱼就是生活在这里而已。你看，它们这么高兴，我们看着也开心，不是吗？"

"老爷子，它们这是在高兴吗？不是受到了惊吓？"

"现在是晚上，可能它们也有点儿受惊，不过，主要还是高兴。这种高兴就像是我在家里意外地看到你们时那样。在这样的大自然里，人、鱼、野兽，大家都有一种互相眷恋的感觉呢。"

"这样啊。"

一行人在池边安静地站了一会儿。

大大小小的鲤鱼全都游到水面上，露出了嘴巴。

"看来得给它们喂点儿吃的。"男人说。

"不用喂吃的，只要看它们一下，鲤鱼就心满意足了。"

"你现在带着那张卡吧？"彰子轻声地问美穗。这些张嘴呼吸的鲤鱼让她想到了那张卡。

"当然，在这里。"

美穗用手捂住了左边的口袋。

黑夜的水池里洋溢着一种生命的活力。

"那些鱼在说什么呀，老爷子？"

"不清楚啊。"

"它们在说，晚上好。"彰子回答。

"这'晚上好'的字数也太多了吧。"女人语带嘲讽地说。

"鲤鱼还会说很多话呢。'大家都身体健康，真是太好了。''美穗，你长高了好多啊。''那边的两位刑警，工作辛苦了。''彰子，这么晚还过来看我们，我们好高兴啊。'"

"看萤火虫的地方还没到吗？"男人问。

"还有五六分钟就到了。啊，看，那里不是已经有一只萤火虫了嘛。忽闪忽闪的。你们看，"接着，爷爷又嘀咕了一句，"难道是因为之前下了场雨，萤火虫们都躲起来了吗？"

平时，在这个水池上方，就能看到二三十只萤火虫在飞来飞去。

一行人从蓄水池上走了下来。穿过树丛后，眼前便出现了一片清澈的浅滩，有泉水不断地从地下涌出来。

这里就是萤火虫之乡。

"啊，有了，"彰子发现了几个光点，"哎呀，又飞到哪儿去了？"

爷爷露出了一副略显窘迫的表情。既然已经说了这里有好几万只萤火虫，那么这些零星的青白色光点就多少让人觉得有些扫兴。

"彰子，我要去一趟银行，"美穗跟彰子咬起了耳朵，"爷爷那么失落，太可怜了。"

"好，不要引人注目，你一个人去吧。"

美穗绕到树丛背后，蹲了下来。

"萤火虫没有像鲤鱼那样欢迎我们呢，老爷子。"男小偷说。

"萤火虫很快就会出现的，对吧，爷爷，"说着，彰子便拉着爷爷的手唱了起来，"萤火虫，飞呀飞出来，这里的水啊，很美味。"

"咦？小美穗呢？"女人疑心重重地叫了起来，"小美穗去哪里了？她不在这里啊。"

"不打紧，那个女娃不会开车。"男人小声地说。

"啊，您看，爷爷，那里有很多萤火虫。您看，不是有萤火虫嘛。看，在小美穗那里！"

一道黄色的圆形亮光越变越大，正在向众人靠近。美穗的黑色身影出现在亮光之中，她正一步步地往这边走来。几万只萤火虫组成的大军仿佛正追随着美穗，一边跳着圆舞曲，一边从高处飞扑而来。

"美穗把萤火虫带来了，"爷爷高兴地喊了起来，"你们看，我没骗你们吧！说了有好几万只吧！"

一大群萤火虫开始在众人的脸颊四周画出一道道光的曲线，从上往下，自下而上，交叉滑行，横冲直撞，碰上人的额头，停在众人的胸口、手臂和头发上。大家仿佛都戴上了一枚枚闪闪发亮的光之勋章。

"这简直就像是一场星星风暴。"彰子仰着头赞叹了一句。

"哇，绝了，这真是绝了。"就连两个小偷也看得如痴如醉。

"小美穗，你用了多少黑？"

"五黑。"

"这么多啊！"

"萤火虫都多成这样了，谁还会傻不拉叽地去抓呀，"女人说，"真是不一般。老爷子，如果把这个地方沉到大坝下面，那就太糟蹋了。就算找遍全日本，也找不出这样的地方了。"

"再走一百米左右，有一个锹形虫之林。那里也去看一下吗？"爷爷兴致勃勃地提议，"虽然还不到季节，但我觉得应该能看到几只锹形虫吧。"

"说到锹形虫，那就看我的吧。我可是锹形虫专家，"长得像雕鸮似的秃头男一脸亲切地说，"总之，以前放暑假的时候，我每天早上都会去抓锹形虫。它们待的树都是固定的。比如，有树液流出来的麻栎或

枹栎之类的。凌晨三点，我就已经起床出门去找了。到了四点，其他人也会来抓锹形虫。我必须赶在他们前头。这可让我学到了一个人生道理。那就是，要想成功，就必须敢为人先。"

"那个地方很远吗？"女人毫不掩饰地打了一个大大的哈欠，而男人精神抖擞地说："扁锹形虫、深山锹形虫，还有锯锹形虫。我们把深山锹形虫叫作双层木盒。因为它的头是两段式的。锯子，也就是锯锹形虫，我们把红色的叫作红触角，黑色的叫作黑触角，还有叫笔直触角的，就是触角没有弯曲的那种。我们那儿的人，还把所有雌性锹形虫叫作猪猪。我以前抓到过这么大一只扁锹形虫，真把我高兴坏了。要是放到现在，那可以卖好几万呢。对吧，小美穗？"

因为女人对锹形虫毫无兴趣，所以男人便把话题抛给了美穗："我会在白天的时候，先确认好哪些树流出了树液。因为蝴蝶和蜜蜂会飞到那些树上，所以我只要跟着它们就能立刻发现目标。其中一些不太粗壮的树，我会一边走一边乱踢一通。这么一来，锹形虫就会'扑通扑通'地往下掉。不过，它们会一下子钻到落叶下面躲起来。如果不在锹形虫掉落的那一瞬间立刻把它抓住的话，那肯定就没戏了。哪怕整个人扑在地上到处找，也是找不到的。啊，树液的气味冲到我的鼻子里来了。这个气味真是令人怀念。对了，老爷子，把您的手电筒借我用一下。"

男人把光打在路旁的麻栎上。

"哦，密密麻麻爬的都是日铜罗花金龟。这下子有的瞧了。这上头的麻栎林也是这种情况吧。"

"那么阴森森的一个林子，我才不要进去，有蛇呢。"女人抱怨了一句。

彰子也停了下来。她的腿肚子被野蔷薇的花刺给扎伤了。

于是，男人一个人精力充沛地爬上了林子的斜坡。

"啊，有独角仙。小美穗！快来，有独角仙。"男人发出了少年般高亢的声音。

165

"这个喜欢套近乎的家伙，"彰子说，"小美穗，你去取一黑的锹形虫来，惊掉他的舌头。"

　　美穗在麻栎林中再次取出了那张银行卡，然后朝着黑色银行飞奔而去。

　　"这里有很多呢。差不多有五六十只呢。"

　　听到美穗的叫声后，男人就像猴子似的身手敏捷

地跑到了她跟前。在奔跑的途中，他发现身边的那些树干上到处都是锹形虫的身影。

"啊，有锹形虫。这里也有。喂喂，没有可以装锹形虫的东西吗？"男人大叫了起来。

"抓了之后，你准备干什么呀？"美穗问。

"什么也不干啊。只是，不去抓就这么光看着，让人很恼火啊。我要去拿个装锹形虫的东西再来一次。"

"啊，好痒，好痒。你快点儿下来。"女人在下面喊他。

"哇，不得了！不得了！一下子就能抓到五十只、一百只，"童心大发的男人对着美穗大喊大叫道，"好大的扁锹形虫。这种值好几万呢。"

"嗡嗡嗡。"到处都是这些甲虫舒缓的振翅声。

"小心点儿，小美穗，这里有胡蜂，"男人精神十足地叫了起来，"真是的，竟然要把这个地方建成大坝，那些家伙真是不识货。哦，这只深山锹形虫长得可真棒。你好呀，深山锹形虫先生。"

男人正玩得起劲。他不断地把深山锹形虫抓了放，放了抓。

美穗独自一人先走出了林子。

爷爷他们正安安静静地围站在一片开着黄色花朵的野地里。这种草叫黄花月见草。此时，那些花儿刚好清晰地沐浴在月光之中。

一只蜂鸟鹰蛾"嗡嗡嗡"地停在了半空中，像是在找寻花蜜。

"在干什么呢？"

"嗯，爷爷说，这些花会在我们的眼前绽放。我想亲眼看到开花的那个瞬间。"彰子回答。

因为爷爷之前带美穗看过，所以，她对此已经十分熟悉。不过，月见草的开花过程可以说是百看不厌。这一次，美穗同样也紧盯着这些月见草的花蕾，眼睛一眨也不眨。

"啊，动了。"

花朵绽放之后，包裹在花蕾外的那一层绿色表皮便会垂下来，成为花萼。裹在四个萼片中间的黄色花瓣正势如破竹地鼓起来，而这些黄色花瓣之前就像是被一条无形的绳子捆扎着一般。此时，这条"绳子"一下子松开了，花瓣颤颤巍巍地愈发膨胀，一个柔软的黄色物体就像某种软体动物，冲破萼片的封锁现身而出。这个场景看起来就像是羽化的知了展开带水汽的羽翅一样。再也封锁不住这股生命力的萼片轻轻地张开了，一个，两个……所有萼片全都一股脑地往外翻卷。

"啊，快要开了。动了，动了。"

一片黄色的花瓣无声无息地出现在大家眼前。在花儿强大的意志力驱动下，原本被卷得像一把折叠伞似的花瓣此刻正光芒四射地舒展开来。

一朵花就此诞生了。

"感觉就像是在变魔术一样。啊——已经开了，"女人看得目瞪口呆，"这真的是有生命的。"

她轻声地说出了一个理所应当的事实。

"一点儿褶皱都没有，"彰子看起来也很受感动，"这么大的花瓣竟然包裹在那么细小的一个花蕾里。简直让人难以置信。"

"彰子是第一次看吗？"美穗问，"哦，对了，彰子晚上没有来过这里。"

此时，男人一边吹口哨，一边摇晃着身边的树干。"砰"的一声，他身手灵活地跳到了路面上。

"啊，下次必须拿个昆虫笼过来。"

"下次？你准备在这里待到什么时候啊？"女人的语气中带了一丝怒意。

就这样，一行人踏上了归程。爷爷走在最前面，美穗和彰子走在中间，小偷二人组走在最后，前后都隔了好几米的距离。

"小美穗，那些锹形虫花了几黑？"彰子问。

"三黑。"

"啊！这么多啊！"

"嗯，是太多了。那家伙简直就变成了一个小孩。我现在觉得，其实花一黑就足够了。"

"浪费啊，你这是在浪费。"彰子说。

"就是，干吗给小偷送福利呢？"

此时，小偷二人组也在那里窃窃私语。

"看到黄花月见草开花，我有点儿感动。不过，托黄花月见草的福，我的脸被蚊子叮得到处都是包。"

"有虫子飞进我的鼻孔里了，就像被针扎了一下。不是蚊子，会是什么呢？很痒。"

"是蚋吧？"

"应该不是。"

"那是蜱螨？"

"蜱螨会飞吗？笨蛋。"

"我记得那个女娃的包里有一支防虫止痒药膏，是'野营伴侣'。"

"什么东西？"

"不是电视广告经常放的吗？'夏季出游，随身携带，东京制药，野营伴侣。'就是那个呀。"

"哦——"

"回去后，你涂一下。"

"说得对。"

"喂，彰子，等一下。"

女人叫住了走在前面的两个人。

美穗二人停下脚步。然后，四个人走到了一起。

"今晚，我们就暂时先休战，怎么样？"

"……"

"到明天早上说'早上好'为止，我们绝不会靠近车子，我发誓。"

"对，对，绝对，我们保证，"男人加重了语气，"大家都想好好睡一觉，对吧？"

"小美穗，你说呢？"

"只要彰子没问题，那我也……"

"那好，我OK，"彰子说，"但你们应该没法睡个好觉，如果你们还有良心这种东西的话。"

"哈哈哈，良心痛得睡不着吗？我认输，我认输。不过啊，就算是有良心，那也要输给瞌睡虫了呢。啊——"

说着，女人故意在两人面前打了一个大大的哈欠。

11.

是熊猫

在布谷鸟的叫声中，美穗睁开了眼睛。现在还是早上六点。大概是熟睡了一晚的缘故，她感觉自己现在神清气爽。

爷爷应该已经起来了，连他睡觉时铺在地上的那床被子都不见了。彰子还在睡梦之中。

"布谷，布谷。"鸟儿的叫声近在耳畔，仿佛这只布谷鸟就站在室外的那条走廊上。美穗轻轻地拉开推拉门，走到了走廊上。美穗沿着这条走廊往隔壁房间里望了一眼。那两个小偷正裹着被子在睡觉。

如果打开玻璃窗，就会听到狂轰滥炸似的鸟鸣声。屋外白雾弥漫，看不见日光。

中庭里长满了密密麻麻的桧叶金发藓，中间是圆形的踏脚石。庭院四周种着一些老梅树和紫薇树。

"哧溜哧溜，哧溜哧溜。"

有一只比麻雀还要小许多的鸟儿正竖着半开的尾巴，一边叫，一边用黑溜溜的眼睛看着美穗。

"早上好，不知名的小鸟。"

美穗打开运动包，准备取出换洗的衣物。

"黑色银行的东西需要保密，必须放好才行。"

说着，美穗便把重要的银行卡和黑色原液软膏放进已经换好的连衣裙口袋里。这条连衣裙上面有水珠的图案。

"这一身看着有种清爽饮料的感觉。"

接着，美穗绕到玄关那里，趿着爷爷的木屐走了出去。

屋外的空气清新凉爽。

白腹毛脚燕正在空中飞来飞去。仓库的房檐上有它的小巢。

"啾啾，啭啭。"

有一只黑色的鸟儿正在柿子树的新叶上"叽叽喳喳"地叫个不停。

"爷爷，"感觉到仓库里有人在走动后，美穗叫了起来，"现在正在叫的这只小鸟叫什么名字呀？"

"啊？"从仓库里传来爷爷反问的声音。

"有一只黑色的鸟儿正在叫呢。它是什么鸟呀？"

"是白腹蓝鹟。"爷爷回答。

"白腹蓝鹟不是蓝色的吗？这只鸟是全黑的呀。难道不是乌灰鸫吗？"

"是白腹蓝鹟，"爷爷还是继续坚持自己的答案，

"因为没有照到太阳，所以看起来像是黑色的。"

"还有啊，有一只特别小的褐色小鸟，一直在'哧溜哧溜'地叫，就像是在吸乌冬面，它叫什么呀？"

"那是冬鹪鹩，它的羽毛颜色就像味噌酱一样，对吧？"

"嗯。"

"咯咯咯，咯咯咯。"一群鸡聚集到了美穗的脚边。

美穗用力地按压着水泵，发出"吱吱嘎嘎"的声响。她把从井里打上来的冷水倒入水盆中，用这个水洗了脸。这是一个很大的木盆。

"这个木盆和这种井水会让人产生一种想要洗衣服的冲动。"

井边栽着美穗钟爱的石榴树，树上开着朱红色的花朵。

"我喜欢石榴树和木槿。我说啊，爷爷，爷爷，"美穗一边叫，一边把脑袋探进了昏暗的仓库里，"咦，什么呀，这是？啊，吓到我了。"

只见假人模特们套着花里胡哨的衣服，正姿态各异地靠在墙上。

"你肯定觉得自己到了一个乱七八糟的乡下地方吧？"爷爷说出了假人模特的心里话。

"您在找什么呀？"

"种牵牛花的花盆。再不移栽就来不及了。今年已经晚了。因为气温一直上不去。"

"这里不是有很多盆子吗？"

"这些盆子不行。"

"您不满意吗？"

"嗯。牵牛花要用一种叫丹波①的花盆。你说的这些盆子透水性太好了。"

"早上好，"彰子一边打招呼，一边走了进来，"啊，这些可真不得了。"

她也被这些假人模特吓了一跳。

————————————
① 丹波是指在兵库县丹波筱山市烧制的一种陶器，又叫丹波烧。

178

"不过，这里如果拍成照片，那可是能拿奖的。对比反差大造成的气场很有冲击力。虽然把这些拿来做稻草人是不行的。它们好像正在这里待命呢。感觉还不错。"

爷爷开始从堆积如山的盆子中，接二连三地拿出一些七号尺寸的灰棕色丹波花盆。

"我来搬吧？"

"不用啦，会把你弄脏的。你这不是刚洗好脸嘛。"

"再洗一次就行了。"

接着，两人便把差不多三十个丹波花盆全都搬了出来。

"刑警同志还在休息吗？"爷爷问。

"他们的呼噜声很奇怪呢，还是双重奏。"

"那我们就先来移栽吧。早饭等一下再弄。"

爷爷开始将那些小花盆里已经长出六七片真叶的牵牛花移栽到七号尺寸的丹波花盆里。

"不能一开始就种在这种大花盆里吗？"彰子问。

"那样的话，根茎就不会伸长。"

爷爷先用左右两个手掌轻轻拍打小花盆的边沿，然后用食指和中指夹住牵牛花的花茎，再将整个小花盆一下子翻转过来。花盆里的泥土便整个脱落下来，掉在手心上了。

"哇，好强壮的根茎。"

从小花盆里脱落的牵牛花的白色根茎就像搓澡时用的丝瓜瓤的纤维一样，全都卷到了一块儿，将泥土紧紧地包裹在其中。这些根茎缠绕得比网眼还要细，连一丁点儿的泥土碎渣都掉不出来。

"如果花盆太大的话，土壤也会变多。这样，土壤的温度就上不去。我们要提高土壤的温度，在长叶子之前，先培育根茎。这是种植牵牛花的诀窍。所以，尽量也不要浇水。浇水时，就添点儿热水来提升温度。这是为了不让土壤的温度降下来。"

"原来如此。我还以为土壤和水都是越多越好呢。"

"养牵牛花就和养小孩一样。如果娇惯着它，一个劲儿地浇水，根茎就会变成好吃懒做的蠢蛋公子哥，不愿意自己成长。在不枯萎的前提下，尽量不给它浇水，那么根茎为了得到水分，就会不断地伸长。"

爷爷每年都会种牵牛花。因此，移栽的所需物品可以说是一应俱全。

首先，用破旧的碎瓦片铺上花盆底部四分之一的面积。然后，稍微弄两杯调配了肥料的土壤放在两个手掌上。接着，把从小花盆里取出来的牵牛花的根茎铺展开来，再用小铲子从根茎的四周撒下土壤。最后，把花盆底部"嗵嗵嗵"地敲在地上，使里面的土壤分布均匀，并用浇水壶浇上水。

"让我也试一下。"

两人刚尝试，便立刻乐在其中。尤其是看到拍打小花盆的边沿，使整个根茎带土脱落后的模样时，心中便有一种无以言语的快感。

"这家伙偷懒了。它的根茎都没怎么伸长。它是叫古都吧？"

"这个叫湖水祭的家伙可真了不起。它的根茎有古都的四倍长。不过，它们的叶子看起来都一样。反倒是古都的叶子长得更好一些。"

"和人一样，光看表面的话，什么也看不出来，"爷爷说，"啊，刑警同志好像醒了。"

男人身上还穿着昨晚那一套浴衣。他一边用手掌挡着嘴巴，一边向三个人靠了过来。

"当家的，能不能借剪刀用一下？"

"剪刀？好。这把可以吗？"

爷爷从仓库里拿出了一把修剪盆栽时用的那种黑得发亮的耐用型剪刀。

"哈？这个就不用了。"

不知为何，男人始终用手遮着自己的鼻子。

"你拿剪刀做什么？"

"我的鼻毛长长了。可能因为这个原因，昨晚老是翻来覆去地睡不好。虽然这听起来很奇怪……"

看到男人用来遮鼻子的手指缝漏出一些又黑又粗

的毛发，美穗吃了一惊。

"你先把手拿开看看。"爷爷说。于是，男人拿开了用来遮鼻子的手掌。

"你这是……"

应该如何形容这幅画面呢？男人的左鼻孔里喷出了一撮黑色的鼻毛，足足有四五厘米长，从鼻孔一直垂到嘴巴上。

"我感觉呼吸很困难。在锹形虫之林里，我被蜜蜂蜇了。然后，就变成了这个样子。"

美穗和彰子面面相觑。这个人肯定是昨晚想偷偷地从美穗的运动包里拿那支驱蚊止痒药膏，却错把黑色原液的软膏当成了止痒用的野营伴侣。

"小美穗，我们没有尝试那个，真是太好了。"彰子说。

其实，她原本想试着涂一点儿在自己的睫毛上。如果那样做的话，现在睫毛大概已经长到鼻子下面了。那么厚重的睫毛，眼睛都要睁不开了。

"你这是发生了什么事啊！"

爷爷也吓了一跳。他用修枝剪刀"咔嚓咔嚓"地剪掉了从男人左鼻孔垂下来的那撮鼻毛，看着就像是根粗麻绳。

"啊，舒服了。帮了大忙。这种是不是就叫突然变异啊。"

"如果是你的头顶被蜜蜂蜇了，那就好了哦。"美穗说。

男人刚刚是在正儿八经地说事情。因此，一听到这句调侃，他便心头蹿火，狠狠地瞪着美穗。

"我就说嘛，坏蛋怎么可能睡个安稳觉。"彰子说。

"你这样说也太没有礼貌了。"对三人之间的事情一无所知的爷爷出声责怪彰子。如果这句话是美穗说的，那她肯定会被训得更惨。爷爷真的很纵容彰子。

当"松野季实"这个女小偷戴着太阳眼镜出现时，美穗两人的好奇心已经被狠狠地吊了起来。她们目不转睛地盯着对方。

"你的太阳眼镜不是浅紫色的吗?"美穗问，"现在怎么变成乌黑乌黑的了? 戴着这种太阳眼镜，什么也看不到吧?"

"对啊，你有点儿奇怪啊，"男人说，"是眼睛痛吗? 你从哪里弄来了这么一副眼镜?"

女人耷拉着嘴角，把眼镜摘了下来。

"怎么回事，你这眼睛！"

"哎呀，是熊猫啊。"美穗转过身说。

女人的眼睛周围出现了两个乌黑的圆圈，刚好和眼镜的镜片形状一样。刚刚戴着的太阳眼镜其实就是原来那一副浅紫色眼镜，只是以泪痣为中心，直径约五厘米的两块黑斑覆盖了女人眼睛四周的皮肤。

"这究竟是怎么一回事？"

听到男人的尖叫声后，彰子说："真可怕。发生这种事，肯定是受到了什么惩罚吧。"

"如果会传染的话，那可就糟糕了。"美穗也害怕地说。

爷爷同样是一脸惊愕地盯着眼前这个变成了熊猫的女刑警。

"也不像是在发炎。你这是被人狠狠地打了两拳吗？"

"我们快点儿回去吧？"男人说。

"我不要。脸变成了这个样子，我还能去哪里啊？"

女人有些歇斯底里地哭了出来，"我已经没法去人多的地方了。我要一直留在这里。因为在这里，不会有其他人来。我要留在这里，直到眼睛好了为止。"

这一番歇斯底里的话不是对爷爷或美穗她们说的，而是对她的这个男搭档说的。

男人在那里"吱呀吱呀"地不停按压着水泵。井水流出来后，女人便把脸伸进木盆里，用肥皂在眼睛周围擦洗了几十遍。

肥皂水进了眼睛，女人一边吸着鼻子，一边肩膀颤抖着哭了出来。

"情况变奇怪了，"彰子小声地说，"她再怎么坏，也不能把人搞成熊猫吧。这事做得过头了吧。"

"彰子，这可不是我做的，"美穗拼命地解释，"是这两个人自己搞错了。好好地问一句'请把野营伴侣借我一下'，那我肯定就借了呀。他们这是自作自受。"

"也是。如果他们能因此好好反省的话……"

这边，女人正在抽抽搭搭地向男人哭诉："我梦见有一头大黑熊扑了过来。它摁住了我。不知道怎么回事，熊还说，把一切都老实交代出来！我拼命地用两只手顶着熊的下巴。熊的口水滴滴答答地掉进了我的眼睛里。我全身是汗地醒了过来，然后就发现自己变成了这个样子。"

"……"

"如果当时把事情都交代了，可能就不会变成现在这副模样了。"

"不会是那支药膏的问题吧？"

"野营伴侣？可我的脖子和胸口也都涂了啊，什么事也没有。"

"我的手肘也涂了。那里也没事。"

"昨晚肯定有很可怕的毒虫，"女人发了疯似的说，"这种鬼地方，我已经受不了了。我们快点儿去其他地方吧？"

"你刚刚不是说，哪儿都不去吗？"

不知道什么时候，彰子不见了。美穗察觉后，便走到了外面。果然，彰子正急匆匆地朝着她心爱的车子跑去。

美穗也跑了起来。

"彰子！"

彰子坐进驾驶座，开始动手检查起来。从黑色银行取出来的蚂蚁已经消失得无影无踪。

"现在，情况变得乱糟糟的。不知道什么时候，那两个小偷就要开车逃跑了，"彰子严肃地说，"小美穗，你想想，有什么办法可以让车子发动不了？"

"下一场雨，行吗？"美穗反问，"只要下一场暴雨，他们肯定就没法开车。"

"总之，我们去一趟黑色银行吧。"

转眼间，两人已经靠在了蜡笔王国黑色银行的柜台前。面前是那支年轻的黑色蜡笔。彰子慌慌张张地说："我想要黑色的雷云，带暴雨的那种，超级巨大的那种。"

"嗯，雷云的话，肯定会附带大雨和闪电的，"在黑色蜡笔看来，这似乎并不是什么罕见的要求，"取五黑的量怎么样？雨很便宜的，五黑的雨已经很多了。"

"不，请给我十五黑的雨。"彰子追加了一大笔。

当黑色蜡笔正在里屋准备雷云的时候，那支断了腰的分行行长蜡笔靠了过来，对两人说："你们可真会乱花钱啊。"

"有吗？"

"你们的存款很快就要花光了。你们究竟用了多少？又是马，又是黑色原液，还有锹形虫，之前还有萤火虫，现在是雷云。"

"另外，再加上蚂蚁，"彰子补充了一句，然后，她飞快地一算，"用了七十一黑，还剩下二十九黑。"

"看吧，用得这么快，连自己都吓了一跳吧。"

"可是，那些都是必需的东西。"美穗说。

"无论是谁，决定用的时候，都会觉得那是必需的。"

很快，年轻的黑色蜡笔便出现了，手里拿着一个装满黑云的透明袋子。塞得满满当当的黑云闪着黑漆漆的亮光。两人拎着袋子，就像是拎了一个上了漆的木球。

"你们不要再乱花钱了哦。"

背后传来那支身为分行行长的蜡笔的声音，两人重新回到了彰子的车旁边。

她们把那个巨大的雷云球放在驾驶座上，并且松开了用来捆紧袋口的绳子。

"两个小偷跳进车子准备逃跑时，一定会想知道这个袋子里有什么东西。如果他们想打开袋子看一下，那黑云就会跑出来。就算'啾'的一声把袋子扔到车外，黑云也会从里面跳出来。这里的风是沿着山谷吹向下游方向的，那条路又是沿着山谷走的。所以，车子一直都会在大雨的包围圈之中。"

"如果进展顺利的话，这可是一个非常了不起的防盗装置呢，"美穗在那里连声赞叹，"你这人好像脑子很灵光呢。"

"谁说不是呢，小美穗。"

两人将四扇车门牢牢关紧后，便回到了爷爷家。

女小偷还在用木盆里的水清洗着眼睛周围的皮肤。男人则在一个劲儿地按压着水泵。

爷爷拿着筲箕，正在采摘用来做味噌汤配料的蔬菜。

12. 出人意料的恶熊

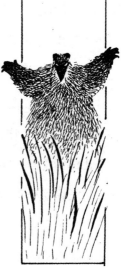

"呀——"美穗发出了一声惨叫。有一只大蜘蛛正在推拉门上畅通无阻地快速爬行。

爷爷拿着扫帚在驱赶蜘蛛。不过，蜘蛛逃进了那根黑得发亮的横梁背面。

"你怕蜘蛛吗?"彰子问。

"难道你不怕吗，彰子?"

"很恶心呢，对吧?"变成

了熊猫眼的女小偷这次站在了美穗这边，"那么令人讨厌的东西为什么要出现在这个世界上？"

"蜘蛛也有它的用处呢，"爷爷说，"大自然创造的东西没有什么是不好的。樱花、松树、光叶榉、竹子，我们也没法说哪个好、哪个不好啊。还有小草啊，鸟儿啊，鱼儿啊，虫子啊。"

"人也是大自然创造的，那为什么会有坏人呢？"美穗问。

"没有坏人。"

"有啊，对吧，彰子？"

"嗯，我觉得有。"彰子点了点头。

"你们两位是怎么想的呢？"爷爷看向了两个小偷，"你们做这个工作，应该见过很多坏人吧。其中有没有人让你们觉得，'这人就是个坏蛋'？"

长得像雕鸮似的秃头男一下子慌了手脚："这个，不太好回答呢。不过，要我说啊，与其说是坏人，不如说是不幸的人。"

“是吧，是吧，”爷爷愉快地点了点头，然后对美穗说，“有人说，人生就像一场戏，名角儿有时候会扮演要饭的，笨蛋演员有时也要扮演老爷大人。”

　　“原来如此，原来如此。”男人一边附和，一边不停地擦拭着额头上冒出来的冷汗。

　　“说得真好。这是谁说的啊？”

　　“嗯，就是那个大家经常看到的人。嗯，那个大家用羡慕的眼神看着的人，跟彰子特别有缘的人。叫什么来着？印在一万日元钞票上的那个人。”

　　“啊，是福泽谕吉①吗？”彰子的视线不由自主地飘向了那个放在房间角落里的褐色手提箱。那里面正躺着四千六百七十五个“福泽谕吉”。

　　“夏目漱石②在《心》这本小说中也说过类似的话：‘不存在天生的好人和天生的坏人。可怕的是，好人某天会突然变成坏人。’”

---

① 福泽谕吉（1835—1901），日本近代思想家、教育家。
② 夏目漱石（1867—1916），日本近代小说家、评论家。

"完全就是这么个理。"男人发出了困兽般的声音。

"所以，相反的情况也存在。坏人忽然变成了好人。这么一来，人就像口味多种多样的缤纷糖果球一样，我们无法给某个人贴上'坏蛋'的标签。因此，才会产生'对事不对人'这句谚语，对吧，刑警同志？如果坏人永远是坏人，那就不需要监狱了，抓到之后直接判死刑就行了。"

"完全就是这么个理。接下来，我们要再去巡逻一趟。"

男人看上去有些如坐针毡。他向女人使了个眼色。于是，两人便向屋外走去。女人很快又匆匆忙忙地折返回来，提着行李箱重新朝着男人的方向追了过去。

"他们是不是想要逃跑？"

美穗和彰子一下子紧张了起来。两人赶紧走到路上一看，彰子那辆白色的小汽车正停在玉米地的对面，而路上空无一人。

他们好像朝着与车相反的方向走去了，也就是昨晚散步的那条路。

"是不是准备走着逃离这里？"

听了美穗的话之后，彰子抱着胳膊说："我觉得他们是想把行李箱藏在某个地方。"

"这样啊。"

"不是经常有这种故事吗？人被抓了之后，不说出钱的下落，等出狱后再来寻钱。"

"可到了那时候，钱说不定已经被沉到大坝下面了。"

"如果被沉到那下面，不就更安全了吗？"

"彰子，"美穗说，"我们跟上去看看吧？从刚才开始，我就一直在想一件事情。"

于是，两人绕过鲤鱼池，穿过萤火虫之乡，往那片麻栎林走去。

现在是上午十点。这原本是太阳高挂空中的时候，但是，在今天这片阴沉沉的天空下面，野地上随风摇曳的粉红色多叶蚊子草却让人感到了一丝寒意。

"你不觉得，那个熊猫阿姨已经基本认栽了吗？她好像觉得自己遭到了天谴，说梦到自己被熊摁住，熊让她老实交代。还说，如果自己当时老实交代了，就不会变成熊猫了。彰子，你现在去带头熊过来嘛。"

"熊？嗯，熊啊，很贵的哦。可能又要被蜡笔王国那个行长教训了，说我们乱花钱。"

"彰子，我们不是警察，不需要抓捕那两个人。但是，如果能让那两个坏蛋变成好人，那我们就不是乱花钱，不是吗？我的计划是，让他们在这条山路上突然遇到熊。熊猫阿姨肯定会投降的。她肯定会发誓说：'都是我的错，我会洗心革面的。'"

"对熊发誓吗？"

"讨厌啦，彰子，我是说她对自己发誓啦。"

"哦。"

"干吗？"

"没事，我就是有点儿敬佩小美穗。好嘞，那我们就开始'黑熊大作战'吧。最好是一头坏心眼的熊。

不过，我们的存款余额只有二十九黑了！一想到那匹马要了四十黑……"

此时，女人那一身橘黄色的衣服在前方约一百米处的草木丛中若隐若现。

"她肩膀上的那个破洞，我今天早上给缝好了。不知道她发现了没有？"彰子在那里嘀咕了一句。

两个小偷正沿着那条险峻的山路往天狗巢岳的山顶走去。

"他们果然不想把福泽谕吉先生沉入水底呢。"

"我看我们还是快点儿把熊带过来吧。再往上爬，只会把人累晕。小美穗，快，银行卡、银行卡。"

"欢迎光临。"

年轻的黑色蜡笔露出了一个职业化的微笑。

"你这人，怎么老是同一个表情呢。"彰子说。

"什么？"

"面对老顾客，至少应该表现得亲切一点儿嘛。"

"不好意思。我们行长的员工教育方针是，对存钱的人要亲切，对取钱的人要严肃。您是取钱专业户。"

"这样啊。我们这次又来取钱了。我们需要一头熊。"美穗说。

"哦，熊。您是说，想要一只可爱的小宠物熊？"

"不是，要一头非常强壮的大熊。"

"那可不行，如果您只有二十九黑的话。"

"只用一小会儿，两分钟左右。"美穗拼命地拜托对方。

"就算只用两分钟，这么点儿钱，也只能取一头脾气超级坏的熊。"

"对，我们就是想要那种坏脾气的熊，对吧，彰子？"

"对，我们想要那种心肠很坏、心眼也坏的熊。"

"好吧，三十黑，可以用一百秒。"

"可以。不过，我们还缺一黑。"

"三十黑，不能再降价了。一百秒是我们能提供使用的最小时间单位。不过，如果熊少一条后腿的话，那么二十九黑也够了。只是，这头熊就没法走路了。"

"那怎么办？"美穗苦恼地说，"彰子，那些蚂蚁本来用两黑就够了，光蚂蚁就花了三黑呢！"

"小美穗，你取了太多萤火虫和锹形虫啦！那种锹形虫只不过是一种兴趣爱好而已。"

"你们看，乱花钱是一件很可怕的事吧。"分行行长站了起来，从里面一步步地往这边挪了过来。

"来了，来了，肯定要说什么'不听老人言，吃亏在眼前'的话。"

"最好的办法就是，最后的那一黑用现金支付。"

"现金？"

"对，黑色的现金。用你们拥有的黑色的东西来支付。"

"啊，早知道就穿黑色的裤子来了。"

听到美穗的牢骚后，身为分行行长的蜡笔严肃地说："我说的'拥有'并不是这个意思。你从大自然中获得的黑色的东西，就只有你的头发和眼睛。"

"你说头发？"

"如果用头发付款的话，那会变成什么样子？"彰子问。

"会变成尼姑吧。"

听分行行长这么一说，那支年轻的蜡笔毫不客气地"咯咯咯"笑了起来。

"如果变成尼姑的话，彰子，那我们还不如一起去当女子摔跤运动员，"美穗说，"我就改名叫蝎子·恶魔·美穗，因为我是天蝎座的。彰子改个什么名字呢？"

"黛安娜·彰子。"

"你好狡猾！"

"你最终决定用头发来付款吗？"

"彰子觉得呢？"

"啊，这个人的头发有点儿发黄，不能用。"分行行长说。

"小美穗，在头发这件事上，你就放弃挣扎吧。"

"等一下。"

说着，美穗解开了马尾辫。接着，她拿出了那支和止痒药膏一模一样的黑色原液软膏。

她将所有透明的软膏全都挤在手心上，然后把自己的头发涂得黏黏糊糊的。

"小美穗，没问题吗？这么乱来。"

"我这脾气，要做就做到底。"

就在分行行长和年轻的黑色蜡笔目瞪口呆、面面相觑的时候，美穗的头发开始变得越来越长。

"这么一来，头发的分叉也没了。"

乌黑亮丽的头发就像有了生命似的不断生长，从腰部长到膝盖，又从膝盖长到脚踝。

垂到地板上时，头发停止了生长。

"请剪掉一黑的头发吧。"

年轻的黑色蜡笔和分行行长你看看我，我看看你，

最后还是那支年轻的蜡笔站了起来，用一把铮亮的剪刀将美穗肩膀下十五厘米处的头发一刀剪断。

"如果用这个黑色原液将黑痣变成了一个黑色的大圆圈，那么永远都不能恢复原样了吗？"彰子问。

"这个嘛，大概能维持两三天的时间吧。"

美穗在彰子的帮助下，重新把头发扎成了原来的那种马尾辫。

"好像比原来稍微长了一点儿呢。"

"那个，关于黑熊的事……"

不等美穗说完，那根腰椎骨错位的分行行长蜡笔便说："您已全额付款。"

然后，它把黑色的银行卡还给了美穗。

美穗一拿回银行卡，眼前便立刻闪现出一片白晃晃的亮光。黑色银行的那个房间看上去就像一个小箱子，顷刻间向远处飞驰而去。之前，两人都是从银行的左侧出口回到现实世界的，而这次却体验到了一股与此前截然不同的巨大冲击力。

在那条通往天狗巢岳山顶的山路上，有两个模糊的身影正在向上攀登。

那仿佛就是另一个世界的风景，两个小偷成了静止不动、遥不可及的画中人物。当这段距离逐渐缩短之后，眼前的真实感才重新出现，两人用手拨开小树枝时发出来的声响便传入了美穗和彰子的耳朵里。

"卡。"彰子说。

美穗默默地将手里的银行卡递给了彰子。彰子聚精会神地看着眼前的这张卡片。

这只是一张普普通通的黑色卡片而已。

卡片上什么也没有出现，既没有冒出奇妙的图案或荡漾的波纹，也没有出现像烟雾那样浮动的东西或鲤鱼的嘴巴。那种看起来像白色或银色一样的强光也已经不复存在。卡片上有一个被针戳穿的圆孔。

"这张卡作废了。"彰子有些惊讶地说。

蜡笔王国黑色银行的银行卡现在已经变成了另一个世界里的故事。她们应该再也去不了了吧。那个原本在危险时刻可以躲进去的秘密安全基地，现在已经消失得无影无踪。

"如果能留下哪怕一黑也好呢。"彰子嘀咕了一句。

"我们不是就缺了这一黑嘛。"

"我们之前花钱太阔气了。"

这时，前方响起了一道像是石头滚落的声音。接着，灌木丛里出现了"沙沙沙"的晃动声。

"呀——！"女人发出了尖锐的惨叫声，"呀——！救命！呀——！"

突然，有一个黑色脑袋从前方二十米左右的绿色灌木丛中伸了出来。

一头巨熊！

女人一屁股坐在了距离巨熊十米左右的一棵厚朴树的树根旁。她已经吓得站不起来了。女人支起两个膝盖，把自己的脸埋在中间，用双手抱住了脑袋。

男人躲在那棵厚朴树后面，将枪口对准了熊。

"不做了。啊！去那边吧。我再也不做坏事了。"女人声嘶力竭地苦苦哀求。

"熊真是厉害啊。"

美穗和彰子也不敢乱动。

万一弄出一点儿声响，熊回头看向这边，那可怎么办？一想到这个，两人的胸口就紧张得怦怦直跳。

美穗环顾了一圈四周，左手边是一棵年轻的灯台树。虽然树干的周长只有三十厘米左右，不过，那下边的树枝已经呈车轮状向四周延伸开来。灯台树是一种比较容易攀爬的树。

美穗下意识地用力拉了拉握着的彰子的手，并用眼神向她示意：就上这棵树。

"砰！"

枪口冒火了。刚才还身形灵活地朝着两个小偷笔直走去的巨熊停下了脚步。

"砰！"

男人开了第二枪。

女人在那里大声地又哭又喊。

熊似乎想到了什么。它突然改变了方向，用那双凹陷的、令人厌恶的眼睛紧紧地盯着美穗和彰子。然后，头顶那对圆形的小耳朵直挺挺地竖了起来。熊一边摇晃着肩膀，一边踩着小碎步向两人快速奔来。

美穗二人拼命地向灯台树跑去。

"彰子，上那根树枝。"

美穗从下面用力地托起彰子的屁股。彰子先爬上最下面的一根树枝，然后又攀上了上面另一根树枝。那根树枝离地面大概有三米左右的高度。彰子这才松了一口气。

"小美穗！唉？"

美穗不在这里。彰子心里直发慌，用尽全力地喊了一声："小美穗！"

那头熊忽然从左下方的斜坡那里慢慢地站了起来。

此时，美穗正把身前一棵粗壮的连香树当作盾牌。她的背影深深地烙印在了彰子的眼底。

"糟糕!"

彰子不顾一切地从灯台树的树枝上跳了下来。可是，胸口被下面的树枝打到，右脚又撞到了地面，她动不了了。

"砰!"

枪声又出现了。

"你没事吧，小美穗？"

男人在那里喊道。还没等他说完，那个黑漆漆的大怪物就像跳舞似的弹跳起来，经过彰子倒地的数米开外的地方，朝男人飞奔而去。

"砰!"

又是一声枪响。枪声一响，男人便窜进了灌木丛里，发出一阵"沙沙"的响声。

追在男人身后的熊只露出一个脑袋，一脚深一脚浅地走在灌木丛那一片鲜嫩的叶海之中。

"彰子，"从树荫下现身的美穗脸色苍白地问，"你没事吧？"

"没事。"

"还好吗？"

"还好，"彰子一边轻抚着胸口，一边做着深呼吸，"一百秒，可真漫长啊。对吧，小美穗？"

"我们不应该取一头恶熊出来，那家伙真是一头恶熊。"

突然，四周变得一片寂静。黑凤蝶正在空中翩翩起舞。

"它消失了吗？"

正在这时，右手边的树丛忽然"沙沙沙"地摇晃了起来。美穗二人吓得整颗心都揪了起来。

不过，出现的是那个气喘吁吁、长得像雕鸮似的秃头男。

"啊——真可怕，"男人说着便"砰"的一声倒在了两人身旁，直直地伸着两条腿，"太可怕了。没想到熊是这么可怕的动物。"

"就算是银行劫匪，也拼不过熊呢。"美穗说。

"拼不过。"男人很爽快地承认了。

"喂，你一枪都没打中吗?"彰子问。

"我没想打中它，"男人气喘吁吁地说，"如果让熊受伤的话，它会变得更暴躁的。"

"你这是明明输了，却还死要面子吧。"

"彰子说得没错。"

变成熊猫眼的女人不知什么时候也靠了过来。四个人"扑通"一声瘫坐在树荫下，扬起手不断挥赶聚拢过来的小飞虫，谁也没有站起来。

美穗、彰子和男人就像喝醉了酒似的说了一大堆话。变成熊猫眼的女人只是坐在手提箱上，一言不发地听着三人兴致勃勃的对话。

"我还以为这人能一枪就把熊干掉呢，"彰子说，"既然都有做劫匪的本事。"

"你不要老是把'劫匪，劫匪'挂在嘴边嘛。"

男人有些不好意思地转向了另一边。

"反派角色演得不及格啊。到此为止，你还是换个角色演吧。"

"好的。"出人意料的是，从另一个方向传来了女人明确的答复。

"他已经在扮演正面角色了，"彰子露出了欣慰的神情，"他刚才不是跑过来搭救小美穗嘛。"

"什么呀？"美穗摇了摇头说，"那个时候，蝎子·恶魔·美穗本来是要突然使出必杀技'撂熊掌'的，这人却'砰砰砰'地射出了那些打不中的子弹，真是扫兴！"

"不过，阳光突然照射下来，在一片闪烁着嫩绿色光芒的灌木丛上，只看到一个黑漆漆的熊脑袋在'唰唰唰'地前进。那个场景真是让人一生难忘啊。"

"那头熊有没有'嗷吼'地叫，彰子？"

"叫了呀。叫得特别大声，叫了两次。"

"我没有什么印象。只记得它的喉咙里发出了'呼噜呼噜'的声音。"

"那头熊两腿站立，准备扑向小美穗的时候叫了，"

男人说，"我们差不多应该回去了吧？"

这时，女人自言自语了一句："难得彰子小姐帮忙缝好的地方，现在又弄破了。"

"真的呢。我缝东西的手艺不行。"

"这家伙对针线活儿是完全没辙。"

说着，男人用拳头轻轻地摁了一下女人的脑袋。

13.

黑色暴雨

　　"我以前以为，熊的脸是圆形的，"彰子一边把胳膊搭在美穗的肩上，一边拖着扭伤的右脚踝走路，"熊的嘴巴有一种突然尖出来的感觉。我以前还觉得挺可爱的，但其实一点儿也不可爱。还有那个让人讨厌的眼神。"

　　"你现在是在对熊进行追

忆啊。"美穗说。

此时，她们和走在前面的两个小偷之间已经隔了一百米以上的距离。

"那头熊突然就出现了，然后，朝着熊猫阿姨走了过去。熊猫阿姨就'呀——'地叫了起来。熊看着熊猫阿姨，受到了惊吓，于是就往右转了个身子。"

"那个秃头开枪了，所以熊才会受惊的。"

"是的。然后，那头熊就像在跳舞一样，'嗒嗒嗒'地跳着奔了过来。彰子飞扑到灯台树上。我从下面推了你一把。"

"我拼命地爬上了树，可是小美穗没有上来。在那种时候，你这人在磨磨蹭蹭些什么呀？"

"那头熊的喘气声和臭味已经扑面而来了。我觉得自己在爬上树之前，屁股肯定会遭殃，所以就赶紧跑了。我顺势就钻进了那片下坡路旁的灌木丛。我想着那是一条下坡路，自己能跑得快一些。没想到，熊跑起来也更快了。在被熊追上之前，我好不容易才终于绕到了一棵粗壮的连香树后面。然后啊，熊的那两只茶褐色的眼珠子就在那里滴溜溜地打转，它在找，在找我啊。真是吓死人了。它找我干吗？简直是没事找事！它找不到我，就站了起来，轻轻地转动脑袋继续找。不知道为什么，彰子'扑通'一声从树上掉了下来。简直让人无法相信，竟然会有人在那种时候从树上掉下来。"

"我不是掉下来的，我是跳下来的。"

"知道了，我知道啦。熊吃了一惊，然后就朝着彰子的方向过去了。这时候，那个喜欢抓锹形虫的大叔拿着枪跑了过来。他'砰'的一声开了枪，熊就逃进了右边的灌木丛里。劫匪大叔以为自己把熊赶跑了，就朝着我们这边走过来了。啊！在这之前，我——日夏美穗，为了帮助蠢蛋彰子，赶紧跑到这个吓得倒在地上痛苦挣扎的人身边，对她说：'坚持住！是轻伤！'"

"一派胡言。"

"当那个劫匪大叔向我们跑过来的时候，那头熊转过身，追着大叔去了。然后，大叔就喊着'逃了，逃了'，一溜烟地跳进了灌木丛里。熊还在后面穷追不舍。"

"那个时候，忽然有阳光照了下来，周围变成了一个亮晃晃的黄绿色世界。在那条黄色的地平线上，只有一个熊脑袋在快速地移动，就像一条蛇在上面滑行。我当时就想，大叔要完蛋了。"

"然后，我们的三十黑用完了。一百秒的时间，到点了。"

"如果小美穗没有把自己的头发交给黑色银行，那我们可就轻松多了，因为出现的会是一头三脚熊。"

"你在说什么呀！谁说锹形虫和萤火虫都是在浪费钱？如果我们节约用钱，账户里留个五十黑试试看，那我们现在都已经在熊肚子里了呢。"

"这倒是真的。"

"你不觉得这个结局挺好的吗？那两个人似乎已经

明白福泽谕吉先生说的话了呢。"

"拿着那么多张'福泽谕吉'，听懂了也是理所应当的。就连我啊，以后也会对福泽谕吉先生怀有一种特别的感情呢。"

"彰子，虽然我们半开玩笑似的发起了这场黑熊游戏，却差点儿搭上了自己的小命。"

"虽然差点儿搭上了小命，但我们还是干了一件好事。"

"来吗，那个'哦哦'？来！"

"胆大鬼，可爱鬼，冒失鬼，哦哦，"两人异口同声地喊了出来，"最后再来一次，冒失鬼，哦哦。"

"怎么到了这个时候才喊呢，都到这个时候了。"

"你那个时候明明连声音都发不出来。"

"等一下，彰子，"美穗俯视着绿泽那片土地，突然语气一变，"那两个人没有去爷爷家！"

"啊！"

下面是小偷二人组小小的背影。美穗二人和两个小偷之间已经隔开了三百米以上的距离。

他们正快速地经过爷爷家的门口，朝着彰子的白色爱车走去。

"没事，我们就相信他们吧。"美穗从容地说。

"我是相信他们的，不过……"

"不过什么呀？"

"车子里装着黑云呢。"

"啊！"美穗想起来了，"对啊，如果把袋子打开的话，我们就会变成落汤鸡。"

"雷声也很恐怖呢。"

"喂——"声音传到了两个小偷那里，"不要打开！"

可是，男人朝着这边举起了手，示意她们不用担心。然后，女人打开了副驾驶的车门。

美穗二人紧绷的神经已经感受到了那两人惊讶的神情。

男人把脑袋伸进了车内。

"不要碰！不要靠近！"

不过，他们的注意力已经完全不在美穗她们这边了。

眼前的场景看上去就像是两只蚂蚁在一辆白色糖果汽车上搜寻着什么东西。那辆停放在远处的白色车子的左右车窗里突然涌出了两股黑烟。

"他们打开袋子了，彰子。"

"这两个笨蛋。"

车子就像是起了火似的，消失在一团黑烟之中。顷刻之间，周围的农田和道路都一下子暗沉了下来。

天空变得一片漆黑。

"咔啦啦，咔啦……啦……啦，轰隆隆。"

开天辟地般的电闪雷鸣。

硕大的雨滴"哗"的一声从一旁横扫过来。

"彰子！"

"已经来不及了。"

这句"已经来不及了"不仅仅是指已经来不及阻

止雷云的出现。

不过区区十秒钟左右，美穗二人便被大雨淋了个透，浑身上下已经湿得不能再湿了。

一瞬间，四周已暗如黑夜。

小汽车亮起了车灯。

"那两个家伙可以在车子里躲雨，真好啊。倒是把我俩弄成了落汤鸡。"

空中又出现了一道强烈的白光。雷鸣、暴雨、狂

222

风，三方会战，你追我赶，一场大自然的恶战开始了。

"就算着急也没用了。"

话虽如此，如果被雷击中的话，那可不得了。于是，彰子强忍着脚踝的疼痛，开始小跑了起来。

终于，两人跑回了爷爷家。

"我回来了。"

"爷爷，我回来了！"

焦急地等待两人回家的爷爷原本此刻应该向她们飞奔而来，可是她们没有看见他的身影。

前院里有七盆刚移植好的牵牛花。这些花苗已经完全没有了刚才的精神头，它们混杂着泥土，一片狼藉，惨不忍睹。

美穗感到一阵不安。她打开玄关的大门，发现地上已经湿了，有二十多盆牵牛花被搬到了这里。

但是，这里也没有爷爷的身影。

"一定在浴室。"

美穗和彰子往洗澡的地方走去。此时，爷爷正仰躺在那里，衬衫和裤子都湿透了。

"爷爷，您怎么了？"

爷爷睁着双眼，望向两人。然后，他虚弱地回答："身体受凉了，手脚好像在发麻。"

爷爷的脸色一片苍白。他应该是顾不上自己淋雨，拼命地把牵牛花的花盆搬进屋内，然后身体受凉，导致血压下降了吧。

"换衣服，换衣服！"

那些笨重的旧衣柜嵌满了牢固的五金配件，开起来很不方便。美穗和彰子慌慌张张地在那里乱开一通，好不容易才给爷爷换好了衣服。然后，两人把爷爷挪到了褥子上。

爷爷像是终于放下了心，很快便睡着了。爷爷昨晚还带着四个人外出散步直到半夜，现在一定很累了。

屋外依旧下着瀑布般的暴雨。

"没有熨斗之类的东西吗？如果我们不换衣服的

话，身体可撑不住哦。"

正当她们在寻找熨斗的时候，"轰隆"一声，地面发出了一道巨响。

"轰轰轰，轰轰轰。"

有一道仿佛从体内缓缓攀升的闷响正在不断地朝四面八方扩散。

"雷打下来了。"

"好像不是雷。"

雨势丝毫没有减缓。前院飞溅起来的水花就像无数个白色的吊钩，朦胧的水雾让人感觉正置身于一片河流浅滩之中。

"啊，是不是有汽车喇叭声？"彰子竖起了耳朵。

空气中隐隐约约传来了汽车的喇叭声。

彰子透过绿篱的缝隙往外面的路上望去："他们好像把车子开到了离这里最近的地方。"

"难道是想让我们拿着雨伞去迎接他们吗？这俩小偷！"

　　"我说，小美穗，我们不把爷爷送去医院，没事吗？从刚才开始，爷爷就一直没有说话。"

　　"因为在睡觉呀，当然不会说话啦。"

　　"可是，我担心呢，很担心，"彰子忽然情绪激动地说，"我去深山田把医生找来！"

　　"彰子！"美穗大吃一惊，"你在说什么呀！这种下雨天，车子很容易掉下悬崖的。彰子，这不是你自己说的吗？"

"可是，把雷云从银行里取出来的人是我，是为了我的车子取的，"彰子语气坚定地说，"如果爷爷的情况恶化了，那就是我的责任。我去去就回。小美穗，你留在这里。"

说完，彰子便站了起来，脸上露出一抹"谁也拦不住我"的坚定神情。当她在玄关把鞋子里的水倒完时，小偷二人组从屋外跑了进来。

"哇，简直是死里逃生，死里逃生。"

"彰子，"女人对着往外冲的彰子的背影喊道，"山体塌方得很厉害，桥被冲走了啊。"

"啊？"

男人也激动地在那里大喊大叫："刚才那个地动山摇的声音很厉害吧。我们往前开了一段路，查看了情况。桥已经没了，剩下的残桥两米都不到。因为水流太急了，简直是乱七八糟，到处都是山体塌方。路都裂得粉碎，被冲走啦。"

"那可怎么办呀！"彰子惨叫了起来。

"我说了，爷爷不会有事的，"美穗抱住彰子的肩膀说，"爷爷会好起来的，会好起来的。你没有出去，真是捡回了一条命。如果你再早一点儿出门，现在已经没命了呀！彰子，你冷静一点儿。"

"老爷子出什么事了？"

四个人围聚在熟睡的爷爷周围。爷爷的脸色看上去确实很苍白。

"我说了，爷爷只是受凉了。"

"对，这是贫血的症状。"

"可是，老爷子已经九十了吧。"男人伸出手，放在爷爷的额头上。女人开始摩擦起爷爷的双脚。

"没事的，没事的。"

"不过，受冷过度可是很危险的，"男人望向远处，独自小声地说，"没有办法联系到镇上的医院吗？"

"……"

"都怪你把电话线给切成一段段的啦。"

"把信放进瓶子里，然后再把瓶子扔进河里，怎么样?"美穗提了一个建议。

"好，就这么做。"

"把所有瓶子都收集起来。"

美穗找来了爷爷用来给包裹写字的黑色马克笔。

救令！绿泽地区，日夏作次郎。

她写了一大堆这样的长纸条。

剩下的三个人正在厨房和库房搜集空瓶子。

雨势终于减缓了。周遭恢复了一点儿光亮。

"小美穗，拿上马克笔，到这边来一下！"正在屋檐下寻找旧瓶子的彰子将玄关大门开了一半，对着屋里的美穗说。

美穗立刻拿着马克笔飞奔了过去。

彰子带着美穗跑进仓库。

"这些，"彰子指着假人模特说，"把它们的脸也给写上。"

"好的。"

"把这些扔进河里，肯定会引起别人的注意。因为人偶比较可怕。"

"不过，这些假人模特能顺利漂走吗？"

"不试试看，怎么会知道呢？"

"总之，我们先搬两个扔进河里看看吧。"

雨势开始快速地减弱。之前被雨声覆盖的河水声此刻又传进了耳朵里。

车子发动后，挡风玻璃前的路面升起了一片模糊的黄色雾气。

彰子小心翼翼地将车子开到了水晶桥旁边。

水晶桥已经不见了。巨大的水流正在"哗哗"地打着旋涡。扔下去的两具假人模特瞬间被水流吞噬，然后便被冲走了。

"不错，一下子就冲走了。我们快回去，把剩下的四个也搬过来。"

两人又来来回回了两趟，终于将所有的假人模特都扔进了河里。那些在山野中横冲直撞的云朵，此时正一片片地往四面八方消散。

"啊，天要晴了，天要晴了。"

之前，卷云就像一条披肩似的在天狗巢岳的山顶上缠绕了两三圈。现在，天狗巢岳左山顶的位置破开了一个肚脐一样的蓝色小洞。

四个人都松了一口气。

只是，爷爷的脸上依旧毫无血色。他就像停止了呼吸一般，静静地躺在那里。

就这样到了下午。

14.

空中救援

空中传来了直升机的声音。

南边那一半已经放晴的天空中出现了一架直升机的身影。它正在空中盘旋，寻找着降落的地点。

"平造爷爷家的草坪。"

彰子叫了起来。对反对建造大坝的爷爷来说，平造爷爷是他最好的朋友。平造爷爷还制定过一个朝气蓬勃的计划，就是把自家的土地改建成草坪，然后在那里建造滑翔机的降落点。这位平造爷爷在三年前去世了。

"彰子，往哪个方向？"

彰子的脚还是很痛。她指了一个方向，美穗便朝着那里飞奔了过去。此时，直升机也发现了在这个狭窄的山沟村落里，能降落的地方只有那一片草坪。当美穗跑到那里时，直升机已经落地。一个拿着摄像机的人和一个穿着消防服的人从上面走了下来。

"这里，这里。"美穗叫了起来。

"这一片可真够糟糕的。善后工作做起来会很麻烦呢。"

这两个成年人正在讨论他们从空中看到的山体塌方和桥被冲走后的场景。

"新日本电力公司可能会很高兴吧。"拿着摄像机的人轻声地说了一句。

这个人是一名报社记者。之前，他去距离深山田

233

镇约两公里的上游地区采访悬崖塌陷的情况时，发现棕红色的泥土已经被冲到了河边，那上面有两具叠在一起的假人模特。

"先搬运病人吧。"

"剩下的人等会儿再来接几次就可以了。"

三个男人抱起爷爷，将他抬进了直升机，此时爷爷还在睡梦之中。

"还可以再坐一个人。这位脚扭伤了的小姐也上来吧，"报社记者指着彰子说，然后，他又嘱咐飞行员，"她很轻的，那就拜托你啦。"

这位记者似乎准备留在这里。

"小美穗先走。"彰子说。

"不行，病人优先。"

"什么优不优先的。用不了三十分钟，飞机还会再来的。"

最后，彰子硬是被那名消防员给带走了。

在这一大片空地上，博落回和香丝草这些身形高大的杂草显得愈发醒目。直升机的机身往前倾斜，一边剧烈摇晃一边从空地上飞了起来。

"这两位是亲戚还是……"记者问。果然，他察觉到了小偷二人组身上有一种并非家人的感觉。

"差不多吧……"

"嗯。"

两人给出了一个模棱两可的回答。美穗一言不发，只是牢牢地盯着他们。

美穗想：只要我现在说一句"他们是小偷"，事情就会变得简单许多。

两个小偷似乎感应到了美穗的这份心思。他们猛地转过头，看向美穗。

美穗立刻双手合十，向他们鞠了个躬。虽然她是怀着一种祈求的心情在做这些动作，但是在两个小偷看来，这似乎变成了美穗在催促他们快点儿坦白罪行、束手就擒。

只见男人表情扭曲地说："记者同志，除了悬崖塌陷之外，我们还有一个十分重大的新闻爆料。"

"啊！是什么？"

"嗯……"

男人一动不动地盯着记者的脸。

记者感到气氛有些诡异。他紧张又戒备地问："究竟是什么？"

"算了，你跟过来就知道了。"

于是，一行人默默无言地朝爷爷家走去。

美穗走在最后面，跟他们隔开了十米左右的距离。

那群鸡"咯咯咯"叫着出来迎接他们。

"真悠闲啊，"报社记者环视了一圈四周，谁也没有回应他，"其他居民，一个也没有了吗？"

"……"

"松野星夫"率先走进屋内。"松野季实"也跟着走了进去。报社记者感到了一丝不安。他在玄关外徘徊不前，像是在等美穗。不过，最后他还是进去了。

美穗感到内心很苦闷。她蹲在前院，看着那些失去了主人的牵牛花的花盆可怜地倒在泥土之中。

屋内寂静无声，仿佛空无一人。

美穗没有从玄关进入，而是走了小门。然后，她沿着那间供奉着神灵位牌的房间外的走廊穿过中庭。

那里立着石灯笼，旁边种着一棵紫薇树。以前，美穗经常爬上这棵树的褐色树干玩耍。

在那间供奉着神灵位牌的房间对面，三个人就像三道黑影一样坐在屋内。当美穗看到正中间的位置上摆放着一个打开的行李箱时，她心里的那块石头终于落了地，一种如释重负的感觉油然而生，与此同时，眼泪慢慢地流了下来。

"美穗小姐。"女人站了起来，来到走廊的尽头，抽了抽鼻子。

那两只熊猫眼的黑色已经消退了许多。有两道泪水从那里涌出，滑过脸颊，纷纷滚落下来。

"你做一下那个，'哦哦'那个。"

美穗一脸茫然地回头看着女人。忽然，女人哇哇大哭了起来。

女人从走廊那头扑了过来，紧紧地抱住美穗的脑袋说："谢谢你，美穗小姐，是你让我做回了好人。"

美穗一边哭，一边拼命地点头。

开直升机的那个人回来了。

这一次，报社记者和小偷二人组硬是一起挤进了机舱。这名记者必须赶在今天的截稿时间之前，把这个银行劫匪自首的重大新闻写出来。

"那个，你们就把一个小女孩留在这里吗？"飞行员生气地说，"这不是很危险吗？留一个大人下来。"

"留一个大人下来？那就更危险了，"记者回答，"再怎么说，这两个可是持枪的银行劫匪！"

说完，记者便紧紧地抱住了装着手枪和钞票的行李箱。他想象着自己马上就要轰轰烈烈地大展拳脚一番，身体里的那颗功名心开始怦怦直跳。

"好了，快走，快，"他的语气听上去就像是在催促一名出租车司机，"啊，好可爱的孩子，那么用力地朝我挥着手!"

记者一边说,一边从不断升空的机舱内往下望着站在地上拼命挥动双手的美穗。

"真是一个机灵的孩子,把假人模特扔进河里,告诉大家劫匪的消息。"

劫匪闯进屋内,导致爷爷昏迷不醒。然后,一名女初中生偷偷地把假人模特扔进河里,向外界传递消息。这个剧本已经深深地烙印在了记者的脑海里。

螺旋桨的声音消失之后,美穗彻底变成了孤身一人。

美穗心想,爷爷会好好地回来吗?

就算身体恢复了,没有水晶桥,爷爷也无法回到这里。镇政府会为了爷爷一个人重新搭一座桥吗?

电力公司的人和镇长是不是觉得大坝的建造已成定局,现在正高兴地想要办一场庆祝宴吧?

"时间会解决一切的。"

美穗想起彰子说过的这句话。同时,黑色蜡笔的话也浮上了心头："就算是真的东西，时间到了也会消失的，不是吗？就说你吧……"

美穗心想：如果我没有来的话，这里就不会下雨，牵牛花会依旧充满活力，爷爷也不会倒下。难道我和彰子都是造成这一切的原因之一吗？

美穗不想走进那个没有爷爷的爷爷家。

她开始沿着昨晚的散步路线随意而行。

加油呀，加油呀

左脚小脚趾

美穗顺口唱起了彰子的那首歌。但是，她只记住了这两句歌词，于是就一边翻来覆去地唱，一边往神森的鲤鱼池走去。

鲤鱼们一拥而上，将嘴巴露在水面。

"你们也在担心啊。不用担心，爷爷肯定会回来的。"

"肯定会回来的!"

美穗大声地喊了出来。然后,她看见自己的脚边有一条鲤鱼露出了大大的圆嘴巴。这条鱼和那张黑色银行的卡片上的鲤鱼一模一样。于是,美穗把食指伸进了鱼嘴里。

鲤鱼撒娇似的轻吮着美穗的指尖。可是,那架通往黑色银行的地下自动扶梯并没有出现。

"万一爷爷回不来的话……"美穗对着水池里的所有鲤鱼以及她自己说,"到了那个时候,我就住在这里。"

在锹形虫之林的前面,美穗绕路去了以前爷爷说过的那个开着黄花菜的山冈。

柠檬色的花朵正在落寞地开放。傍晚绽放,清晨枯萎。对美穗而言,比起黄花菜这种虚无缥缈的魅力,大花卷丹的深朱色花朵更能抚慰她的内心。因为它们会越长越高大,越长越艳丽。

夏枯草的花朵仿佛是从一个个小水筒里喷涌而出

的紫色水滴。多叶蚊子草则像是卷成一团的粉色棉花糖。它们正在草丛下悄悄地绽放。

"真是乱来啊。要把这些全都沉到水底去。"

核力发电有核辐射的危险，火力发电会造成大气污染和温室效应。那么，不就只能建造大坝进行水力发电了吗？对上了初中的美穗来说，这个道理早已了然于心。

"真是令人费解啊。从前，水和空气都很干净。可是现在，谁也不想为了得到干净的水和空气，就把自己的生活水平降低到以前那种程度。大家只是觉得，就这么活着吧，以后总会有办法的。我觉得，稍微降低一点儿生活水平也没事啊。可是，谁也不会同意。难道没有人觉得，在这样的原野上，被这么漂亮的花朵看着，是一件非常幸福的事吗？可大家都只想得到'福泽谕吉先生'。"

突然，一架直升机出现在靠近地面的低空之中。

"哎呀，要是赶不上的话，那可就糟了。"

美穗赶紧朝着平造爷爷的那片草坪飞奔过去。直升机在那座水晶桥的位置往左边改了一次道，随后便消失在了山的另一边。

它是在寻找美穗吗？只听见时大时小的螺旋桨声正源源不断地从那里传过来。

"喂！我在这儿呢！"

此时，另一架直升机飞了过来。

它也在进行低空飞行。到了水晶桥的废墟上空时，直升机往左边飞去，随即消失在山的背面。

"他们在干什么呢？彰子走了之后，都过去两个多小时了呢。"

美穗一会儿躺在平造爷爷的草坪上，一会儿又唱起了歌。就这样，又过了一个多小时。

日落西山。正当美穗心里充满不安的时候，终于有一架直升机在这里降落了。

走下直升机的驾驶员不是之前那一位。这是一副生面孔，看模样大概二十岁左右。

"抱歉，我来晚了。"

"我还以为自己被忘掉了呢。"

"其实，他们确实差点儿把你给忘了，"这名年轻人说出了一个让人难以原谅的事实，"先运走的那个人把这个拿过来，这才想起了还有你这么个人。"

说着，年轻人把那个托他转交的、用塑料膜裹着的包袱递给了美穗。

美穗打开一看，发现最上面有一张便条。

这些是小美穗的替换衣物，还合身吗？

爷爷很好，会讲话了。

彰子

便条上写着圆圆的字体。

"我会在这里待上二十分钟，抽支烟好好休息一下。"年轻人说。

美穗听懂了对方的意思，急忙朝着爷爷家跑去。

"谢谢你，彰子，"美穗一边说，一边把包括贴身衣物在内的所有衣服都换了，"从袜子到运动鞋，全都备齐了，彰子，你可真了不得啊！她这人好像喜欢绿色。这个还是现在流行的那种绿色，真不错。"

一件夹杂着些许白色的亮绿色连衣裙配了一条黑色的粗腰带。美穗摇身一变，成了一位窈窕淑女。虽然白色的运动鞋和这一身不太般配，不过，这应该是因为彰子不知道美穗的鞋码，所以才送了一双运动鞋过来吧。

"哎呀，比起送来一双可爱的玻璃高跟鞋让我的大脚丫出丑，还是这个好。穿进去了。"

美穗对着不需要锁门的爷爷家说："你等我一下，我很快就会回来的。"然后，她便走了出去。

"打扮得漂漂亮亮地出来了呢。"

说着，年轻人丢掉香烟，用鞋头踩了踩。

"那里有一辆白色的车子吧。"

"嗯？"

"直升机不能吊着那辆车一起走吗？"

"那可做不到。因为没有准备东西。"

"如果准备了的话，就可以搬走，对吧？"

"可以吧。"

"那回去以后，你能再来一趟，把车子运走吗？"

"今天是没办法了。你们必须申请搬运汽车。"

虽然今天不行，但知道车子也可以搬运后，美穗的心里踏实了。

"还有那座桥，应该很快就能修好吧？"

"桥？这个……作业人员和器材运不过来。"

"那条路很难修复吗？"

"没法修复。因为塌陷的路面有一百多米呢。"

"这样啊……"

"那里一直都有一条原本挖金时用的坑道，好像就是从那里开始塌陷的。电视里是这么说的。"

是那个金山的坑道入口。那个召开黑色大会的梦幻舞台，已经在残酷的现实面前消失得无影无踪了。

现在，应该再也找不到那个地方了吧。

正当美穗准备坐进直升机时，又有一架直升机飞了过来。

"明明只剩我一个了呀。"美穗说。

"媒体都在争着报道。可不得了呢，虽然我们公司只有三架直升机，也全部出动了。"

年轻人笑着露出了一口洁白的牙齿。

15.

最后的惊喜

这是一间双人病房。

爷爷躺在远离门口的那张靠窗的床上。彰子则坐在门旁边的床上。她的右脚脚踝上缠着好几圈绷带。

美穗走进来时，爷爷已经睁开了双眼。他露出虚弱的微笑，对着美穗点了点头。

"祝贺你，小美穗。"彰

子说。

"你在祝贺什么呀，彰子？那条路简直是一团糟，我们可能回不去了啊。"

"这个先不管。我说祝贺你，是因为你中了三等奖。"

"嗯？"

美穗一头雾水。

"什么呀？小美穗，你还不知道吗？现在大家都因为这件事乱成一团了。你的消息也太落伍了，"彰子轻轻松松地下了床，对美穗说，"我们去看电视吧！同样的报道，我从刚才开始已经看了好几遍啦。"

走廊尽头有一个安装了电视的房间。三个住院的女病患正并排坐在那里，盯着电视画面看得入迷。

"现在，我们再次从直升机上为您带来现场报道。我们现在所在的位置是，深山田镇大字荒田字大岚，也就是当地人口中的黑杉山的山体塌方现场的上空。这里刚刚经历了一场规模空前的大暴雨，一小时的降水量竟高达一千毫米。山体塌方应该是从以前那条开采金矿时使用的坑道开始的。正如您现在所看到的一样，在那条坑道的下方深处，也就是比曾经的那条老路还要深的地下，突然出现了一块岩石。这块岩石的表面嵌着一具完整的恐龙骨架，是两亿年前太古时代的。请看，这就是那头巨大的恐龙。现在，我们还不知道这头恐龙的准确身长。根据目测，应该有二十米以上，不对，可能有三十米以上。"

美穗牢牢地盯着电视画面里出现的那个奇特的图案，紧张得屏住了呼吸。那就像是一具巨大无边的鱼骨。

"你看，它的两条前腿就这样弯在那里，"一个女病患对另一个比画着说，"可是，它没有头骨，重要的是整个脑袋都没有啊。"

"不是在那里吗？"

"在哪儿？"

"你现在看到的是尾巴吧？"

"什么呀！原来是尾巴啊。这脑袋和尾巴都一样长呢。"

"看吧，是不是要祝贺你呢，小美穗？"

"嗯……嗯……"

"你还没看明白啊。你再接着看，等一下就明白了。"

电视播音员还在继续讲解："近日，将成立各大学的共同研究小组，对此处进行详细的现场调查。据了解，这头恐龙可能比在美国科罗拉多州干梅萨的峡谷里发现的那头世界最大的恐龙'巨超龙'还要大。不管如何，这次可以说是因祸得福。这份来自大地的礼物真是令人感到惊喜。目前，我们需要尽快确保这份礼物的安全。"

接着，电视画面切换成了一名专门研究恐龙的大学教授和新闻主播。他们正在进行对谈。

"我们只能用'从天而降'这四个字来形容这具恐龙骨架重见天日的重大新闻。教授，您看了刚才的视

频之后，有什么感想呢？"

"我感到很吃惊，竟然还有这样的东西。"

"首先，我想请问，这头恐龙属于什么品种？"

"嗯。这个目前还无法确定。不过，有可能是尚未被发现的新品种。"

"您是说，可能是新品种？"

"因为还没有进行现场调查，所以现在还无法给出答案。只是，如果今后再发生悬崖塌陷的话，那就麻烦了。目前，需要国家立刻制定现场保护对策。"

"这里是新日本电力公司筹建大坝的地方。以后，这一片土地肯定会被沉入水底。"

"岂有此理，"大学教授气愤地摇了摇头说，"无论是从生物学、地质学的角度，还是从历史学或国家层面来看，价值如此重大的遗产，谁敢把它沉到大坝下面去？这么一来，日本就会成为全世界的笑柄。首先，全世界就不会允许日本这么做。"

"关于这一点，我们采访了新日本电力公司的会长山本次郎。接下来，请您与我们一起来看一下这段采访视频吧。"

电视画面切换成了一名满面红光、白发富态的老先生。

"现在，在绿泽发现了一具完整的恐龙骨架。恐龙代表着一种远古的浪漫情怀。请问，这件事会对当地的大坝建造计划产生怎样的影响呢？"

"关于这件事，如果能够确定那头恐龙具有重大的学术研究价值的话，我们公司自然也会考虑这个要素。"

"您说的'考虑'，是指中止大坝建造计划吗？"

"我们的考虑也包括中止大坝建造计划这一项。"

"原来如此。"

"另外，如果这具恐龙骨架的研究价值巨大，并且话题度又这么高的话，我们也会考虑开发各种旅游观光项目。比如，以恐龙为主题的休闲度假村。就像如今很多大坝也具备综合性功能一样，作为企业，我们也必须进军各个领域才能得以生存……"

"您是说，贵公司将进军休闲产业吗？"

美穗终于明白了彰子口中的"祝贺你"所代表的意思。

恐龙拯救了绿泽。黑色大会的慈善卡拯救了绿泽。萤火虫、锹形虫，还有那些野花都不会遭受灭顶之灾了。

人们还会重新回到绿泽的吧。

爷爷的梦想再次燃起了实现的希望。他应该可以在深山田车站前重新立一块带有绿泽导游图的广告牌吧。

"对那么漂亮的大自然的价值一窍不通的人，竟然会为了一具恐龙骨架闹成这个样子。真是让人感到心情复杂。"美穗说。

"不过，比起对恐龙骨头不屑一顾，然后坚持要建造大坝，现在这样子至少还能说明日本是一个文明国家，对吧？光凭这一点，也可以说明情况已经变好了，不是吗？现在，不管是看到神森鲤鱼池里的鲤鱼，还是看到锹形虫，肯定会有越来越多的人觉得这些东西很重要，小美穗。"

"是吗？"

"那两个劫匪也是明白这个道理的。"

"对，那两个人也明白。"

"活着的生物能够相互进行交流，这是一件多么愉快的事情。为什么就是有人不明白呢？"

"不就是因为他们没有过这种体验吗？一旦体验了，任谁都会明白这个道理的。"

"所以，爷爷的工作很重要啊。因为爷爷可以让大家得到这种体验，"彰子说，"还有一件事，小美穗。刚刚在另一个频道，我看到那两个人了，熊猫阿姨已经完全不是熊猫的样子了。"

"哦，那不是很好吗？"

"主播把话筒转给熊猫阿姨时，她说：'彰子小姐，谢谢你，请多保重。'"

美穗点了点头说："她也叫我'美穗小姐'了。"

两人吸了吸鼻子，重新整理了一下表情，然后精神饱满地回到了病房。

"爷爷，您可不能躺在这里睡大觉呀，"美穗大声地嘟囔了起来，"敌人虽然放弃了修建大坝，可是他们接下来准备搞度假村了呀。"

爷爷受到美穗的影响，也扯开嗓子说："哦，哦，刚以为已经击退了大坝，现在又有高尔夫球场和摩天轮来进攻了呀。"

"所以啊，您再不快点儿好起来，池子里的鲤鱼们可就要被做成冷鲜鱼片啦。"

"说得对，我再不赶紧好起来的话……"

"爷爷，您之前知道那两个人是劫匪吗？"

"劫匪？啊——我当然知道啊。"爷爷不服输地说。

"不对，骗人，骗人，您绝对是在骗人。"

此时，响起了一阵敲门声。分行行长和戴眼镜的小光拿着花束走了进来。

"前辈的朋友，那两个劫匪被抓了呢，"小光对彰子说，"警局那边的人说了，那些钱几乎都没有动过呢。真是蠢呀，搞不明白他们究竟是为了什么去做劫匪的。对了，说是就少了一万日元。难道是前辈从劫匪那里……"

"喂!"正在和爷爷聊天的分行行长转过来训了小光一句，"你真是蠢得无可救药了。"

"小光，你来看望病人，就只带了一束花吗?"彰子瞪着眼睛问。

"啊? 还要带别的什么吗?"

"少带了荞麦馒头! 至少两个!"

"真是不好意思。我这两个下属全都蠢得无可救药了。"分行行长重新转过去对爷爷说。

后记

　　每当谈及儿童文学时，我们这些大人总会不由自主地站在叔伯辈的视角来审视问题。为了给孩子们送去好故事，我们会摆出一副像圣诞老人那样亲切和蔼的笑容。

　　我一直都在反省这样的自己。穿上圣诞老人的衣服之后，我就无法又蹦又跳，无法挤进孩子堆里和他们一起玩耍。为了满足孩子们旺盛的精力需求，作者也必须拥有那种不输孩子们的、喷涌而出的精力。

　　我绝不能成为一名圣诞老人。就让我变成那个等待圣诞老人的人吧。我已经下定决心，无论成年人如何评论自己的作品，我都会置之不理。此时此刻，我才终于鼓起了撰写这部作品的勇气。